# 末世

郑小驴 —— 编

上海文艺出版社

代序

# 中国科幻的未来走向何方

刘慈欣

中国的科幻作家在国外最常被问到的一个问题是：什么是中国科幻？它与西方科幻的区别在哪里？（What makes Chinese SF chinese？）如果退回上个世纪，这个问题比较容易回答，因为在历史上的几个发展阶段中，当时的中国科幻文学确实可以用一句话来概括。比如：清末民初的科幻是在科幻想象中抒发强国梦的一个渠道；二十世纪五十年代的科幻主要是以科普为主要目的的少儿文学；二十世纪八十年代初的中国科幻要复杂一些，但也可以基本看作传统现实主义文学向科幻领域小心翼翼的尝试性延伸。但在今天，已经很难用几句话来概括中国科幻，无论从文学还是科幻的角度看，新世纪涌现出来的大量作品呈现出丰富多彩的各种特色，这些作品在题材、创作理念、叙事方式等各个方面都有很大的差异，中国的科幻文学开启了多元化发展的时代，尝试和探索着这个文学体裁的多种可能性。

这本选集就呈现了中国科幻的多样化。本书中所收录的作品，都来自年轻的作家。但科幻在中国本来就是一个年轻而充满活力的领域，在科幻作家群中，这些作家已经进入了成熟的创作阶段,形成了自己的风格,他们的作品也产生了广泛的影响力。与之前的科幻作家相比,他们有着更前卫的思维方式,对科技的发展和由此驱动的现代社会生活有着更为丰富和敏感的认识和感受。这些作品各自都呈现着鲜明的风格,其中所展现的未来和宇宙,有的宏大,有的迷离,作品中有鲜活的尘世生活,也有空灵的终极哲思。

比如,选集中有部分作品同时涉及末世的主题,但却有着各自独特的表现视角。《停电了,我们去南方》用生动的人物群像描述出一个灰暗的灾难后世界,给读者留下无尽的回味;《琴童》虽然篇幅很短,但绘制了一幅唯美的末世水墨画,淡雅而幽深……

选集中的其他作品也从不同的角度展现了科幻小说的魅力。《伪造者》显示在可能到来的超信息化社会中,人类自身的身份认同和精神世界可能面临的诡异的困境;《魂归丹寨》则充满了科幻小说中不常见到的乡土气息,与科幻的结合产生了独特的意境;《奥德修斯之音》则相反,与现实拉开了最大的距离,在时间和空间上都走到了只有哲学能够企及的尽头。这样在终极的时空尺度上展开叙事的作品只占科幻小说中的一小部分，但却总是彰显着科幻小说无法替代的魅力。

在新世纪，世界科幻文学在发生着深刻的变化，这种变化对中国科幻文学也产生着很大的影响，这种影响在本选集中也有所体现。选集中的这些作品，有些有着明显的科技背景，有些则与现实意义上的科技没有直接关系。大部分作品都显现出对现实和对人的自身的强烈关注，这种关注无疑是当前科幻文学发展的一个重要方向。

对于科幻小说的创作理念，比如科幻与科技的关系，科幻与现实的关系以及与科普的关系等，一直有着不同的理论与看法，但科幻小说发展到今天，我们发现这些争论在某种程度上可能是伪命题，多种理念和风格的科幻小说完全可以同时存在，事实上，这种作品多元化和丰富多彩的风格的并存，正是科幻文学走向成熟的标志。以美国科幻为例，我们以前对其不同的发展阶段总是贴上黄金时代、新浪潮和赛博朋克等标志，其实在黄金时代以后的各个阶段，也都是各种风格的作品并存，在前卫的作品形成一个个新时代的同时，传统理念的科幻小说也一直在创作和出版。今天，我们在读到《巨石苍穹》和《湮灭》的同时，也能看到《无垠的太空》。而这本选集中作品的多样多彩的风格，也显示了中国科幻的成长与成熟。期望读者能够从这本书中色彩各异的想象世界里，感受人、未来和宇宙的各种可能性。

山西阳泉

2020.06.01

# 目录

刘慈欣 代序：中国科幻的未来走向何方 001

陈楸帆 伪造者Z 009

飞氘 奥德修斯之音 059

宝树 退行者 069

江波 魂归丹寨 105

张冉 末世 161

阿缺 停电了，我们去南方 195

# 伪造者Z

陈楸帆

陈楸帆,科幻作家,翻译,策展人,上海作协会员,曾多次获得国内外文学奖项,代表作品包括《荒潮》《人生算法》《异化引擎》等,已被翻译为超过20种语言。

当我们谈及未来时，往往会陷入一种模糊的语境。"未来"即"尚未到来"，那么究竟是多远的未来，又是发生在哪里的未来，其实对于讨论的问题本身尤为关键。正如威廉·吉布森所说"未来已来，只是分配不均"，波士顿的未来和甘肃边远村庄的未来必然天差地别。对于写作的未来也一样，出发点不同将会看到完全不同的未来。我相信在10年之后，机器辅助写作会成为普遍现象，这里指的是人类利用算法来辅助自己进行普遍意义上的写作，包括应用写作及创意写作，而那些更容易被结构化的数据比如财经新闻、医疗报告、法律文书等则将早于此被AI全面接管，因为那是机器擅长的领域，更加准确、高效、实时。写作本身的边界也将被不断深挖拓宽，如果将人类类比为一部机器，那么写作无疑是极其重要的输出模式。通过写作我们可以理解个体的认知与学习过程，甚至是跨个体间的情感如何传递并引发共鸣，不同语境下概念与符号系统如何传承流变，这是文学、语言学与认知科学的交叉领域。科学家们在研究如何通过光遗传学和视觉刺激将信息"写入"生物大脑，同样对于机器来说，理解自然语言指令就是这样的一个输入过程，那么在一个集成化程度足够高的智能时代，比如30年之后，我们真的可以通过语言，通过书写，改变现实或者虚拟世界的运行秩序，所谓呼风唤雨，喝山开道，画符为马，撒豆成兵。那时就真的到了如克拉克所说"一切足够先进的科技都与魔法无异"的时代了。

比接到一个C级投诉电话更让人崩溃的是收到一封标准模版的电子退稿信，只是在抬头的下划线处假模假样地填上你的名字，他们甚至不屑于提及作品标题。

你们怎么能这样！狗屎！都是狗屎！

办公室里冷气很足，但仍然冷却不了我的怒火，当然，我的脸上还是如一潭死水，因为在我脑袋右侧斜上方四十五度角位置有一个540线彩色高清摄像头正对着我。是的，我早就学会如何控制表情肌和声带，哪怕是再极端的情绪波动，深吸一口气，数三下，吐出，再吸，一、二、三，嘴角上扬，微笑，声音温顺而胸有成竹，"您说得太对了，王先生，这件事我们会抓紧跟进的……"

哪怕脑子里已经把他祖宗十八代问候了个遍。

说起来，这似乎并不是什么大不了的事情。那封电子邮件里，编辑措辞温柔而拘谨。

……经再三考虑，暂不考虑刊用贵稿件，我们将一如既往地期待着您更加精彩的作品……

读着那些字符，你仿佛能看到一个戴着黑框眼镜的中年敦厚男人，板着面孔，却硬憋出委婉的口气，告诉你这真的真的不是你的错，这是制度的错，是社会的错，是这个时代的错。可这于事无补。

好吧，我承认，我写不出那种所谓"情节跌宕起伏，节奏大开大阖，人物形象鲜明，情感饱满动人，异域风情浓重"的黄金时代风格科幻小说。可退一万步，你们发表的那些所谓名家，所谓经典大作，就真的符合这些要求？又或者，只因为那几个名字，所以什么标准，什么要求，都可以往后排靠边站。说到底，即使读者骂街，也是骂名人来得过瘾些吧。

冷静。冷静。吸气，一、二、三，呼气……

冷静下来。"沙皮"正在看着你。

"沙皮"是我给头顶那台摄像头起的名字，我总是想象在显示器的另一端前，坐着一头满脸褶皱的沙皮狗，它看着6乘6

的电视墙，兴奋地抖动着粉红色的舌头。

倘若我露出半点受挫的神情，只会让"沙皮"更加兴奋吧，这就是坐在这个职位上必备的技能，以发掘放大他人的不幸为娱乐，并转化为驱动整个系统精密运转的动能。

我不过是一名平庸至极的彩虹客服人员。每天，流水线上会有一万两千台彩虹发生器流入全球市场，其中的3.24%会发生Ⅲ级故障，也就是开关失灵、线路接触不良之类，0.751%会发生Ⅱ级故障，也就是核心耦合元件错误或者散热系统失效，0.0218%会发生Ⅰ级故障，一般都由当事人的直系亲属直接上门，哭天抢地，打滚上吊，目的是索取高额保险金。

关于彩虹发生器，我们一般有一套固定的说辞："请打开产品说明书第××页，包括中英德法日五国语言，请详细阅读，如仍有不清楚之处，请拨打电话……"

即使遇见实在难缠的客户，我们也会有固定的遁词："X先生/女士，您的意见及要求完全合乎情理（但不符合逻辑），我们（而不是我）将尽量（请注意！）在最短的时间（以蜉蝣或者恒星为参照系）内跟进（而不是解决）此事，请您静候佳音……"

有时候我会怀疑，这一切工作完全可以通过自动声讯系统来完成，我们的存在完全是多余的。当然，又据某社会调查机构调查显示，采用自动声讯系统会造成客户直接上门投诉比例激增，因为在这个时代，没有太多人有耐心听完导示语，并像小白鼠一样不断地按下数字键，直到二十分钟后像个傻子一样木然听着断线的忙音。

于是，偶尔，我会假装成自动声讯系统，"……产品介绍请按1，故障投诉请按2，入会申请请按3……"我可以把这些分支无限地细分下去，直到对方完全崩溃为止。当话筒那边传来一句咒骂，然后是重重的撞击声，最后只剩下单调而冗长的忙音，我便会露出会心的微笑，仿佛是站在机器的立场上赢得了一场对人类的小战争。

是的，伪装，为什么不呢？

我突然有了主意,一个绝妙的、天才的主意。要让拒绝我的编辑难堪,最好的办法莫过于此。不,我并不认为这是一场报复,或许可以把它称之为,嗯,站在伪作者的立场上赢得了一场对作者的小战争?

我打算伪造一篇小说,一篇科幻小说。更准确地说,伪造一个并不存在的科幻小说家,并假借他的手,写成一篇科幻小说,发表出来。

然后,戳穿它。

一个漂亮的、轻盈的五彩肥皂泡。噗。

首先,我需要一个作家。他必须不为人所熟悉,不能很轻易地被编辑求证,那么最为简单的,他必须操作一种不为人熟悉的语言,从南非的祖鲁语到北欧的法罗语,从印度的旁遮普文到西班牙的巴斯克文,这种语言拼写不能过分怪异,但又足够生僻,生僻到学习这门小语种的大学生会失业,然后去街头卖烤串。

最后，出于某种未可知的原因，我锁定了阿尔巴尼亚，一个自科索沃战争之后就极少上新闻的国家，当年的社会主义革命兄弟，共产主义在欧洲的一盏明灯。

阿尔巴尼亚语是阿尔巴尼亚共和国的官方语言，他们称自己的语言为 Shqipe（本意为老鹰）。有近 300 万人使用。方言主要分为南北两支：南部为托斯克方言（Tosk），北部为盖格方言（Gheg）。两者差别较大，互通程度有限。现代标准语以托斯克方言为基础。语序为主—动—宾（SVO）。重音落在倒数第二音节上。

阿尔巴尼亚语以拉丁字母为基础，共有 36 个字母，字母表中没有 w，有很多在其他语言中不常见的字母组合：dh，gj，rr，xh，zh，它们作为一个字母出现在字母表中。还有两个加变音符号的字母：ç 和 ë。文字中常出现的词有 të、me、i、në、dhe 等。

很好。

Fillimi i mbarë është gjysma e punës.

这句很像乱码的话意思是:"好的开始是成功的一半。"

请别担心,我不会真的用阿尔巴尼亚语去写一篇小说的,这只是个幌子,或者说,障碍物。让编辑的视线巧妙地被框定在一个陌生的领域里,然后,偷偷地转换一个角度。大卫·高柏飞是怎么把自由女神像变没的,没错,就是那样。

我把我亲爱的阿尔巴尼亚兄弟取名为"Aleksander Zogolli",一个充分体现巴尔干半岛民族复杂性的名字,Aleksander 与 Alexander 同源,这是一个无论在阿尔巴尼亚、波兰、斯洛文尼亚还是爱沙尼亚都同样常见的名字,姓氏 Zogolli 在斯拉夫语里是"鹰"的意思,但也可以看成是阿尔巴尼亚语"Zogu"(意思是"鸟")带了一个土耳其语后缀"olli"(意思是"××的儿子")。

铃声响起,我强抑住激动的心情,微笑着接起了电话,"您好,彩虹客户服务中心,请问有什么可以帮你的吗……"

我需要控制自己与电话那头的愤怒客户分享好消息的冲动,这一刻,我的鸟人科幻小说家——亚历山大·佐戈里诞生了。

这就是创造的奇妙之处，仿佛一股熔浆在心头不停地翻腾滚涌，迫不及待地要冲出胸口，填平沟壑，吞噬生灵，重塑大地的样貌，在虚无的海洋表面凝结成形，联结成一片雾气蒸腾的大陆。那里便是我的王国，我便是这片土地唯一的王。

但这只是第一步。

接下来，我会花一个月的时间，替我的鸟人作家在社交媒体上开一个账号，同时逼他写完他的第一篇英文短篇小说。我发现自己热情高涨，甚至超过了自己写小说的冲动，每天搜寻一些阿尔巴尼亚文的只言片语发表在时间线上，那些玩意儿可能是新闻、说明书、旅游简介或者是病历，天知道居然还有一些访客像模像样地在后面发表评论。

然后，慢慢地，添加一些英语日志，用词拙劣，语法毛病百出，关于我自己，我的家人，我的地拉那生活，并捎带着提到我写科幻小说，曾经发表在阿尔巴尼亚的一本叫作《山鹰》的半地下杂志上。在照片的问题上我花费了不少功夫，从 Instagram 上寻找具有东欧城市风情的生活图片实属不易，不过最后还是从一堆北美胖妞里挑到了一个50岁左右的中年男子，照片的色泽和颗粒感都像极了科索沃时期的战地图片，只不过没有废墟，没有死人，低饱和度的街道，灰色的天空，一幅宁静的城市景象。

他面目肃穆，穿衣装扮很像一个机械修理工，那么好，这就是亚历山大·佐戈里，52岁，机床维修工，鳏居于地拉那，业余时间喜欢创作科幻小说，主题围绕着战争、伤痛和童年记忆。

似乎少了点什么。他更像一个符号，一个功能性角色，而不是一个有血有肉真实存在的人。为此，我苦苦思索了三天。

在这期间，那些投诉电话似乎不再像以前那么烦人，因为我已经把自己伪装成一台自动声讯系统，条件反射式地回答五花八门的问题，而大脑的其他部分却可以解放出来，琢磨着亚历山大的灵魂问题。为什么我以前没有发现这种妙方呢，放弃一部分人的属性，享受更多作为人的乐趣。

如果坚持成为一个完整的人，每天与机械化的制度顽抗，恰恰可能在某个清晨醒来之后，发现自己变成一颗巨大的螺丝钉。我听说过这样的事情。

当然，螺丝钉也没什么不好，至少它很坚固耐磨。

亚历山大·佐戈里的妻子和儿子，在一场动乱中被践踏致死，他亲眼看着他们俩死在自己面前，却无能为力。他时常会抚摸着妻子的衣物和儿子的玩具，回忆起那个阴霾密布的下午，手指滑过那些质地不同的表面，就像是抚在妻儿的肌肤上一样，有微微的痛楚，空气中仿佛又充满了呛人的味道，那是道路两旁焚烧的汽车轮胎。

我像个窥私狂一样捏造着各种细节，将各种物件赋予悲伤的记忆，橡皮鸭子、梳子、面包圈、钢琴、黄昏、榛子树……亚历山大的妻子和儿子出现在他所有的小说里，他们变换着不同的角色，活在不同的世界，一次又一次。事实上，这就是他写作科幻小说的全部意义，让妻儿远离无谓的政治斗争和所谓的民族冲突，在想象的世界里得到永生。于是，他的创作又带上了"疗伤"的意味。

打住。

我觉得自己有点过分沉迷了,作家并不是目的,作品才是。在捏造佐戈里家族谱之前,我果断地强迫自己住手,把精力转移到小说上来。

是的,小说,一篇伪造的科幻小说。一篇用英语写作的、语言生涩的、来自阿尔巴尼亚的科幻小说,然后把它翻译成中文。或者相反。

一个问题突然像黑色石头浮出水面般硌在我的面前。凭什么编辑要采用这么一篇毫无名气、语言稚嫩的作品呢,仅仅因为它是阿尔巴尼亚人写的吗?它离"情节跌宕起伏,节奏大开大阖,人物形象鲜明,情感饱满动人,异域风情浓重"的要求莫非更近一些?我没有把握。

我需要一个说服自己,进而说服编辑的理由。

望着眼前的米色话筒,我把她取名叫"小燕",这个名字来自一本儿童科幻小说,她是其中为数不多的女性角色,伴随着我度过漫长幽暗的童年。我幻想着进入她那些幽暗的孔洞，仿佛一条小小的精虫，穿越亿万年的黑暗，旅途漫长、孤单而寂寞，最后降落在某个编辑的脑子里，我成了他或她，我会希望看到一篇什么样的阿尔巴尼亚科幻小说呢？

它应该有历史感。

它最好跟中国有关。

它必须被戴上一顶充满吸引力的高帽子。

我的脑子，或者说编辑的脑子里闪过几个名字，什么R.J. 索耶，A.C. 克拉克，W·吉布森，他们都曾经写过"致中国读者的一封信"诸如此类的玩意儿，这是一种礼节，也是一种姿态，就像南美臭蜍在进入他人领地时会事先散发臭气一样，告诉别人"我来了，我很大牌"。

那么，我再往前多走两步，一份"阿尔巴尼亚科幻大师对中国读者的献礼"，如何？

或者，更彻底一点，"当阿尔巴尼亚想象中国"？

事情应该是这样的，亚历山大·佐戈里的童年，正是中国全力援助阿尔巴尼亚经济建设的时期,吃的是中国的小麦,骑的是永久牌的自行车,戴的是上海手表,听的是红灯收音机,公路上,随处可见解放和东风汽车,天上飞的是歼6歼7,当然,还有阿尔巴尼亚语版本的毛主席语录,刷满大街小巷,握在每个年轻人汗涔涔的手里。遥远的中国在小亚历山大的心里刻下了不可磨灭的印迹,他决定将这些经历融入小说,写成一篇关于中国的科幻小说,当然,其中依然有他的妻子和儿子。

有哪个编辑能够拒绝一个阿尔巴尼亚人对中国的想象?这简直可以与博尔赫斯的长城、卡尔维诺的元大都一较高下。

我心潮澎湃。我确信这是一篇令人无法拒绝的小说,它有着丰富的语境和潜台词,主题涉及历史、战争、亲情、集体记忆以及死亡,更加精彩的是,小说的作者也成了小说的一部分。

当然,前提是我把它写出来。

我谨慎地打量了一眼四周,灰色的天花板下,空间被平均地划分为二十六个相等的方块,用灰色的隔板隔开,电话铃声此起彼伏，每一个方块里响起的声音都是同样的冰冷而严谨，无论是音色、语调或者节奏速度，都难以分辨彼此。

他们会否像我一样，在接线员的面孔下，有着一颗厨师、诗人、魔术师、园丁或者杀手的心呢。不得而知，我们从来没有交流过，这似乎是约定俗成的规矩，如果在过道里碰见，也只是点头微笑，小心地擦肩而过，生怕发生任何形式上的交集。唯一的共同点是，我们的腋下都夹着一本淡灰色封皮的《彩虹客服手册》。

构思进行得超乎想象的顺利。

Z先生就是作者亚历山大·佐戈里的自我投射，出现在所有的小说里，在战争中失去妻儿的他整日以酒浇愁，徘徊在午夜的地拉那街头，被视为社会转型失败的牺牲品和边缘人。一次偶然的机会（从阁楼上传来怪异的啃咬声），他从父亲的遗物中发现了一台来自中国的神秘馈赠：上海牌58-Ⅲ型相机。

这台机器研制于1959年，是当时上海照相机厂一系列仿造机中最高端的一款，仿的是爱克发 Isolette Ⅲ，除光学部分、零部件外，全部采用铝合金、铜及少量不锈钢精密加工而成。由于当时物资紧缺，一共才产了 60 架，之后也再没有复产。

　　Z 先生靠着自己几十年伺候机器的好手艺，修好了相机，他甚至找到了尚未曝光的过期苏联胶卷。他试着随便拍了街道、行人和静物，并不知道能否找到合适的显影和定影药水，毕竟这门技艺已经濒临灭绝。他又心血来潮地翻拍全家福，那张看不厌的照片已经被磨损得发白卷边。

　　Z 先生清晰记得拍照时的场景，1995 年 3 月 21 日下午 4 点半，红星照相馆，年轻的妻子和可爱的儿子依偎在身旁，背后是色彩艳丽的卡萨米尔海滩风光画塑料布帘。他们保持微笑，等待着机器后面的摄影师按下快门。

　　想到这里，我几乎都要心碎了。我必须帮他。

　　怕过期胶卷感光能力不足，Z 先生将快门速度调到了最高档，1/500 秒，对着老照片按下快门，并没有配置闪光灯的场景突然被白光吞没。

白光过后,他发现自己并不在房间里,而是回到了当年的红星照相馆,更奇怪的是,妻儿仍活生生地依偎在他身旁,凝固微笑。这时,摄影师按动快门,留下他惊喜交集的表情定格。

电话响了。

"您好,彩虹客户服务中心……"我强忍住思路被打断的愤怒,毕竟客户评分将决定我能否把格子移得离厕所远一点,离窗口近一点,尽管窗外也只有一成不变的虚拟海滩景色。

"这不科学……"那头传来一个被静噪包围的声音。

"对不起,您的彩虹发生器有什么问题吗?"

"我说的是,一架古董相机就能穿越时空,这不科学,你写的不是科幻小说吗?"

我倒吸了一口冷气,构思还在我的脑子里盘旋,都没有落到键盘上,这个人到底是谁,他是怎么知道的,他想干什么?

"快回答我!究竟是怎么做到的,量子隧穿还是平行宇宙,或者根本就只是他的幻觉……"

我咔哒挂断,像一个心虚的作者挂掉催稿编辑的电话。

"沙皮"似乎眨了眨眼睛。

这是怎么回事？莫非公司HR部门采用了新的技术手段，可以"监听"员工脑子里的活动？可如果这样的话，合理的做法不应该是部门约谈，警告上班时间不要开小差吗，怎么会变成讨论科幻小说设定了呢。这可比用古董相机就能穿越时空荒诞多了吧。

还没等我理出个头绪，电话又响了。我犹豫着要不要接，铃声顽固地一声高过一声，摧毁着我的耐心。

"您好，彩虹客户服务中心……"我深吸了一口气，接通电话。

"我那该死的彩虹发生器出问题了！你们要负责……"

我松了口气，是个客户。

"您先别着急，请详细描述一下发生的情况……"

"那台机器，它从星期一上午就不太正常，蹦蹦跳跳的，像是吃错了药，到了下午就完全不工作了，只是趴在那里吐着舌头……"

"很抱歉,我不确定您在描述的是哪一款型号的彩虹发生器?"

"呃……让我想想哈,58-Ⅲ型。没错,就是这个。"

"您再说一遍?"我怀疑自己听错了。

"上海牌58-Ⅲ型,所以Z先生能把相机也一起带过去吗?"

还是那个疯子!我控制住自己的表情,稍稍把身子侧过,躲开"沙皮"的正面视线。

"你究竟是谁?为什么会知道这些?"我压低声音问道。

"我是亚历山大·佐戈里,我当然知道这些,这是我的小说,不是吗?"

"……"

我不知道该说些什么。我在跟由我虚构出来的作者,讨论着由我虚构出来的作者所虚构的小说。我感到一阵眩晕。

"如果您就是亚历山大·佐戈里,您自己的小说可以自己说了算,先生。"

"在我的小说里，没错。可我们在讨论的是世界的规则，这决定了我是否能够救出我的妻子和儿子。"

我开始有点明白了，在我的想象中，亚历山大·佐戈里和Z先生其实身处于同一个世界，共享着同样的规则。一种类似于上帝造物般的满足感在我心里膨胀着。

"如果是这样的话，恕我直言，相机是不可能被带回到过去的，因为这样一来，故事失去了阻力，也失去了动力，没有生命力的故事是不值得被讲述的。"

"和我想的一样，而且……历史并无法被真正地改变。"

"你是说？"

"Z先生很快会发现，无论他如何努力，都无法改变过去已发生之事，总有一种力量把历史扳回到轨道上来，除非……"

"除非？"

"除非他再次找到那台相机，把妻子和儿子都带到另一条时间线上。"

我正准备再说点什么，电话断了，对方没有对我的服务作出评价。

我的工作回到了正轨,我的脑子却没有。我放弃了追究虚构人物是如何通过客服电话与我对话的可能性,在小说创作中这叫"悬置怀疑",非如此无法把我的小说完成,就更谈不上复仇了。

毕竟距离截稿日期越来越近了,如果错过了这一次,我又得再等一个月。

亚历山大·佐戈里说的是对的。在接下来的情节行进中,Z先生发现自己尽管回到了过去,但无论是一顿晚餐的上菜顺序,陪家人出行游玩的线路,还是儿子在学校遭受欺凌受伤,该发生的总会发生,并不以个人的意志为转移。

更糟糕的是,他发现父亲对于那个中国古董相机的存在一无所知。原因可能是,那次馈赠还没有发生,又或者是,永远不会发生。

无论是哪一种可能,都无法缓解Z先生看着妻儿时,眼中的那份焦灼与忧虑。日子就像定时炸弹,滴滴答答地走向既定的终点——1997年3月13日,而他却没有一点能力去推迟它,更不要说停下它。

没有了那台神奇的中国相机,莫非他将被困在时间的死循环里,一次又一次经受失去亲人的彻骨痛苦?

那年春天的阿尔巴尼亚像一口热锅,把每个人的心烧得滚烫。电视上集资公司的广告铺天盖地,回报率已经被推到了不可思议的三个月翻三番,所有的人变卖家产和土地,掏出床垫里的私房钱,把老婆本、棺材本,一切的一切,排着跨过几条街区的长龙,等着存进高利贷公司里。甚至当有些公司还不上钱时,议长还在参加集资公司的周年庆典,和老板手把手地切开蛋糕,痛饮香槟。

Z先生知道自己说什么都没有用,他只有等。终于,他等到了那个电话。

父亲乐呵呵地说,有个傻瓜拿着一架中国产的破相机,说要卖300万列克,我说你疯了吧,我有这钱也是投给VEFA公司，怎么会买你的破相机。

Z先生控制住自己颤抖的声音，让父亲用祖传秘制的巴拉库慕甜饼把那个人稳住，他马上就到。

当时，VEFA公司的负债已经相当于阿尔巴尼亚全年GDP的5%。用纸牌搭起的金字塔终究是要倒塌的，而那部旧相机却可以救他全家人的命。

Z先生花了几天的时间凑齐现金，就在这几天里，几家最大的集资公司纷纷倒闭，银行账户被冻结，人们打着白色标语上街游行，而电视里还在放着诱人的高利贷广告。Z先生终于拿到了相机，像宝贝一样揣在怀里，用手掌不停摩挲着油黑发亮的外罩，而那个卖家手里拿着厚厚一沓现金，脸色煞白，一脸不解地喃喃自语，说的好像是一切都结束了。

就在Z先生赶往家中和妻儿会合的途中，军警开始封锁道路，他听到了零星的枪声，有谣言说南方已经失控了，比他所了解的版本还早了一个礼拜。

当他发现自己所准备的中国杂志被变卖时差点崩溃，Z先生的计划即将毁于一旦。毫不知情的妻子哭泣着,她只是想换点现金买下个礼拜的食物。这时儿子为父亲递上了一本发黄的旧杂志,说是从床头柜后面掉出来的。

Z先生看着那本布满蛛丝的1969年意大利文版《人民画报》,发现那个遥远而美丽的国家竟如此陌生,就像一个伴随自己长大的童话,却从没有想过去了解背后的真相。

窗外又传来几声枪声和哨响,他知道接下来会发生什么。他别无选择。

被幻灯机放大的杂志封面投在墙上,打在不明就里的妻子和儿子身上,那些来自过去的中国人民面色红润,露齿微笑,对生活充满热爱,与苍白惊恐的阿尔巴尼亚人对比鲜明。Z先生设置好机器,加入他们,手牵着手,等待着照相机倒计时结束,自动按下1/500秒的快门。他对于即将发生的事情一无所知。

这样一个充满了历史戏剧性的场景让我兴奋得抓狂,悬念、张力、未知、恐惧,如果我是读者,我会爱死那种感觉。如果我是编辑呢？我不确定。

我迫不及待地站起身，却忘记了脑袋上还连着耳机线，把我的脖子扯住，姿势别扭地凝固在半空，像一个被拦腰折断的字母 i。

我想跟人分享这种创造的喜悦，任何人，可整个格子间里却只有此起彼伏的应答声。

当然，还有冷冷看着我出糗的"沙皮"，它似乎脑袋稍微歪了一点。

亚历山大·佐戈里又出现了，他的声音听起来更不好了，像是来自几光年外的太空。

"……你得帮帮我……滋滋……"

"我以为你已经和家人成功逃到另一条时间线了呢。"

"……是，滋滋……我们到了1969年的中国……一开始美好得不像真的……"

Z 先生凭借童年残留的一点中文基础，迅速赢得了中国人的信赖。尽管阿方对于这三个身份不明的阿尔巴尼亚人如何千里迢迢出现在中国毫无头绪，但生性多疑的阿党领导人霍查觉得这是个天赐良机，暗中要求Z先生向阿方提交所搜集到的情报信息。

那正是两国兄弟般的蜜月期，这么说或许有点怪，但无可辩驳的事实是，每逢《人民日报》上刊登重大会议决策，阿尔巴尼亚的贺电总是排在第一位，然后才轮到越南啊朝鲜啊这些兄弟国家。

当上外国专家的Z先生过上了衣食无忧的生活，除了喝不到地道的Espresso，其他方面真的尽善尽美。他主要的工作是翻译一些技术文件，当然是在几位助手的协助下，这也是中国对阿尔巴尼亚援助项目的一部分。闲暇时教一些领导人几句简单的阿语。他们最喜欢的是水滴石穿，Uji shpon gurin，象征着一种大无畏的革命乐观主义精神。

而Z先生的妻子成了一名歌唱家，她的演唱曲目有且只有一首，《歌声飞向地拉那》。听众们是如此热爱这首歌，每次前奏一响起就会被雷鸣般的掌声打断，以至于不得不把前奏重复来个三四遍。她把这首歌唱了那么多次，唱遍了大江南北，许多中国人都误以为她就是歌里唱到的地拉那，经常在路上向她大叫挥手致意。他的儿子上了真武庙的育民小学，前身是中央财政部子弟学校，后来改为干部子女寄宿学校，奉命接收外国专家子弟，再也不会受人欺负了。

从他的描述里，我感受到了一种蜂蜜般金黄黏稠的生活。这样的日子似乎可以永远持续下去，直到1972年。

"……尼克松来了之后……滋滋……一切都变了……"

"好像霍查很不高兴，觉得中国与敌人会谈，背叛了革命？"

"……中国人更不高兴，滋滋，他们省吃俭用，勒紧腰带，援助了我们一百个亿，摊到每个阿尔巴尼亚人头上四千多人民币，结果，滋滋，化肥都堆在地里烂掉，精密仪器和钢材露天受着风吹雨打，霍查拿着钱在全国修了一万多个烈士纪念碑，中方援助很快会停掉……"

"所以你们呆不下去了？"

"……我们也不能回去，霍查博物馆你又不是没去过，滋滋，他有受迫害妄想症，既反美又反苏，还得防着意大利、希腊和南斯拉夫，修的十万个水泥碉堡一百年都拆不光。他肯定会把我们当通敌叛国的间谍抓起来，滋，审上个十年八年的……"

"那怎么办？"我不禁为我虚构出来的人物命运感到深深忧虑。

"……找上海牌58-Ⅲ，滋滋，特定标号的那台，我已经拜托所有关系，已经有眉目了，很快能拿到手，滋……"

"那你们接下来要去哪里呢？"

"……这就是问题的关键，滋，我们受到严密监控，接触不到任何历史或者海外资料，除了每天的《人民日报》，可我不能在同一个地方绕圈子啊，滋滋，那个该死的日子又快到了……"

"日子？什么日子？"

"……1978年7月29日。滋滋。阿尔巴尼亚党中央会致函中国政府,标志着两国关系公开破裂,之后一个月内,我就会被强行驱逐出境、派遣回国……"

"……"

"……我需要一本杂志,或者一幅画,任何不引起怀疑又能帮我逃掉的东西……"

"别急,让我想想。"我陷入了沉思。

"……滋滋,我们的命全靠你了……"

我盯着眼前的米色话筒,"小燕"似乎也在回瞪我,事情竟然会发展到这种地步,这是之前我万万想不到的。而今我必须帮Z先生找到一条出路。从"小燕"的孔洞里不时传出细微的嘶啦声,那是来自另一个时空的等待。

什么东西能够让Z先生打开求生之门,同时又不会引起看守者的怀疑呢……

突然间,我清晰地看到了那个答案,那个能够解救Z先生一家三口于悬崖边缘,同时又能给我的伪造小说画上圆满句号的答案。我迫不及待地要告诉亚历山大·佐戈里,那个来自童年的启示。

"去找1978年8月出版的科幻小说……"

电话断了。

我焦急万状地腾地站起来,似乎这样就能接通那穿越时空的讯号,却再一次忘记了连在脑袋上的耳机线。那玩意儿设计得如此坚固,我像是一艘在高速行驶中紧急抛锚的快艇,被扯着整个身体一个倒栽葱,重重摔倒在地板上,眼前一黑失去了知觉。

醒来之后我发现自己并不是躺在格子间里,而是在一艘巨大的轮船甲板上,咸湿海风拂来,整个世界轻柔摇晃,我扶着白色拉杆站起身,努力搞清楚自己究竟在什么地方。

半空中传来一声野兽受伤嚎叫般的汽笛声,我吓了一大跳,转身看到一位全副军装须发花白的老人,昂首阔步地领着一个男孩和一个女孩走来,男孩手里还牵着一条吐着舌头的狗。

"你是什么人?怎么到这里来的?"还没等我开口,那个老人先严厉地发问。

"……我、我是彩虹发生器的电话客服,昨晚,不、不知道多久前晕倒在办公室里,醒来就已经在这里了……"

老人和两个小孩对视了一眼,似乎神情有所缓解。

"我是这艘船的船长,他们是我的孙子孙女,小虎子和小燕。"老人正了正自己的海军帽檐,女孩微笑着朝我招了招手,男孩则警惕地盯着我。

"小虎子?小燕?难道说……"这两个熟悉的名字勾起了我某些回忆,"这是开往未来市的船?"

"你怎么知道的?"小男孩满腹狐疑地问我。

我的天,我竟然来到了《小灵通漫游未来》的世界里,可那本来是Z先生应该去的地方,究竟出了什么问题。

"我还知道你妈姓杨,你爸姓刘,你有一个机器人叫'铁蛋',而你……"我转向小燕,"……有两块手表,上面只有数字,没有指针,我说得对不对?"

"爷爷，这个人肯定是个间谍，他怎么什么都知道？"小虎子惊讶得眼珠子都快瞪出来了。

船长脸色一变，掏出盒子大小的微型电视电话机，好像要叫人来的样子。我一着急把盒子从他手里打掉，在甲板上滑出去老远。

"同志，你最好解释一下你的所作所为，否则可是要上法庭的！"老人胡子都竖了起来。

我该怎么解释呢，说这些都在一本儿童科幻小说里写着吗。我突然想到了问题的关键："我不是间谍，我要找一家阿尔巴尼亚人，Z先生和他妻子孩子，他们是中国人民的好朋友，如果能找到他们，我就告诉你们一切的缘由。"

几个人又对视了一眼，船长点点头，小燕捡起电话机交给爷爷，老人开始在上面输入什么。

"如果你说的是真的，所有的外国人都会在入境时留下登记信息……"

"可他们不是通过正常途径入境的……"

"难道是偷偷潜进来的？还说不是间谍！"小虎子又来劲了。

我竟然无言以对，没想到这个乌托邦的时代如此不友好，我不禁替Z先生一家担心起来，倘若他们真的来到这里，肯定会被当成身份不明的恐怖分子抓起来。

"先让这位先生说下去，我看他也不像坏人，也许就是在甲板上睡了一宿，被海风吹糊涂了。"小燕站出来替我辩解，不愧是我小时候的梦中情人。

"数据库里近期没有阿尔巴尼亚人登记信息，如果他们通过非正常渠道入境，也会被机器人警察发现的。"船长从小盒子上抬起头。

"我就说他肯定是敌人派来刺探技术情报的，应该抓起来用读心机测一测！"小虎子不依不饶，向我逼近，甚至放出了手里的狗，"沙皮，上！别让这个坏人逃了！"

那条看似人畜无害的沙皮狗吐着舌头摇摇晃晃地小跑过来，我一步步往后退去，没想到事情会变成这样。如果这是一个美梦,那我会很愿意去亲眼见识未来市的美妙世界,所有小说里的描写如今依然历历在目。天空中挂着两轮月亮,真实的银钩月和圆形的人造太阳灯。建筑的外立面涂着夜光颜料,和人们身上的荧光衣一样,流光溢彩。空中穿梭来往的是水滴形的飘行车,能够自动躲避碰撞。人们吃着珍珠大小的人造大米饭,身体里装着各种人造器官,可以活到一百多岁,每天都生活得快乐富足。

冰冷的金属栏杆阻挡住我的去路,身后是奔腾不息的大海,就算我跳下去能够逃得了一时,可如何在这个完全陌生的新世界里生存下去,我不敢多想,除非……

"我把相机落在招待所里了,那里面有你们要的东西。"我终于想起了《小灵通漫游未来》里对我而言最重要的情节,"就是轮船离岸出发地不远处的那家招待所。"

这突如其来的新信息让小虎子停下了脚步,他也掏出电话机按起来,似乎证实了我说的话,望向爷爷,点了点头。

"联系招待所,看能不能找到他说的那部相机,用小型直升机送过来。"船长转向我，露出礼节性的微笑，"在这之前，先请您跟我们一起吃早饭吧。"

小燕还是像书里写的那么爱说话，像只喋喋不休的喜鹊给我介绍餐桌上各式各样的食物：珍珠般的人造大米、人造蛋白质车间里培养出来的人造红烧肉、小西瓜那么大的五香酱蛋、喷了植物生长刺激剂后长得树一样高的玉米和脸盆一样大的番茄……我不禁想起了可怜的Z先生和他的家人，因为通货膨胀，他们每顿饭量都少得可怜，夫妻俩把肉和蛋都让给还在长身体的小儿子，即便如此，儿子还是瘦得在衣服里直晃荡。

"既然你什么都知道，说说看，我家房子是什么颜色的？"小燕看我心不在焉的样子，突然抛出问题。

"米色。"我想起了每天陪伴自己十几个小时的塑料话筒。

"哈！我最喜欢的电影？"

"《森林里的王国》。"

"那片子今天才刚刚上映！"小燕咯咯笑起来，像是听到了什么荒谬至极的事情。

"那是你唯一看过的电影……"我小声嘀咕。

"你说什么?"小燕的脸红扑扑的,像极了盘里的番茄。

"没、没什么……"

我们的对话被急火火冲进来的小虎子打断了,他手里高高举着一个黑色的东西,像是胜利者的奖杯,正是小灵通落在招待所里的那台特定标号的上海牌 58-Ⅲ 型相机。

"爷爷,找到了,这下他没法抵赖了!"小虎子得意洋洋地把相机递给爷爷,爷爷翻来覆去地端详,眉头紧皱。

"这是早就停产的限量版古董,只有我爷爷那辈人会用,你怎么会有这款机器?"

"我说过了,我不是这个时代的人……当然也不是你爷爷那个时代的,我从彩虹客服中心不知道怎么就来到了这里,不信你看……"我不知道从哪里掏出了那本厚厚的《彩虹客服手册》,为什么我不早点把它拿出来?

我翻到最后一页,上面印着我熟悉的格子间,颜色就像手册封皮,一种乏味的淡灰色。

"我就是在这里上班的,我不是间谍。"

"可你还是没法说清楚,你是怎么来到我的船上的?"船长指着我发问。

"只要你用那台相机,快门调到1/500秒,给我拍张照,你就会知道了。"这是我最后的赌注。

"它会爆炸吗?我才不会上你的当呢。"小虎子噘着嘴,双手抱在胸前,一副欠揍的样子。

"它只是个老相机,又不是炸弹!"

"我来吧,刚才我用仪器扫描过了,这确实只是一台相机,只不过它用的胶卷和显影定影药水现在早就停产了,只能翻拍负片了。"关键时刻小燕又站了出来。

我把《彩虹客服手册》里印着办公室的那页打开,摆在胸前,努力作出一个轻松的表情。小燕端着和她身材不成比例的笨重相机,找着角度。

"准备好了吗,1——2——3——茄子!"

小燕造作甜美的声音凝固在空气中,周围的一切、轮船、大海、船长和他的孩子们,似乎只是抖了一抖,像是打了个冷战,下一秒我已经跌坐回办公桌前,一切的一切都好像没有发生过。头顶上的摄像头微微斜下,我不知道它都看到了什么,但我已经不敢再用"沙皮"这个名字,它具有了新的含义。

电话再次响起,我像惊弓之鸟从座位弹起,犹豫着要不要去接。那米色的塑料外壳诱惑着我。我不得不接。

"亚历山大·佐戈里先生!你去哪里了?"我劈头盖脸就问。

"……你的工作状态不太好啊,我可从摄像头里都看见了……"

"别说这些没用的废话,我去了未来市,可你们并不在那里!"

"你不觉得这很荒谬吗?"

"什么?"

"在这种时候,你该问的难道不是,为什么你会被送到未来市?你可是个作家,是操控一切的上帝,而不是任人宰割的虚构角色哦。"

我一下子懵住了,他说得对,为什么是我,而不是Z先生和家人被送到未来市,还能够遵循自己的逻辑,通过相机再回到现实中的彩虹客服中心。

"也许……也许我只是做了一场梦?我太想要帮你们逃出去了,所以大脑让我做了这场怪梦。"

"你在说谎。"

"你再说一遍?"我不敢相信自己的耳朵。

"你知道我们根本逃不出去,你知道我们注定会被遣返回阿尔巴尼亚,Z先生会被关进成千上万间审讯室里的其中一间,接受不见天日的恶毒刑罚,而他的妻子和儿子会沦为社会最底层的流民,过着生不如死的日子,被所有人鄙夷、凌辱、恫吓……"

"不是这样的,我想要一个光明的结局,我会给你们一个光明的结局的……"

"……然后儿子开始重复父亲的悲剧,他把这一切不幸都归结在中国人头上,他痛恨中国人,他想要复仇……"

"停!你听我说,亚历山大·佐戈里先生,Z先生,事情不会是这样的,再给我点时间,我一定能够帮助你们逃脱险境……"我感觉自己浑身发抖,冷汗不停地从额头冒出,就像是被一只手紧紧攥住的海绵。

"……他加入了某个恐怖组织,发起了一场自杀式袭击……"

"没有的事,我求您停下来,求您了佐戈里先生……"

"你还不明白吗?我不是你的亚历山大·佐戈里。"

我愣住了,浅灰色的天花板开始闪烁起来,有的格子变亮,有的格子变暗,像一个棋盘,快速变幻移动着,看着让人头晕。那些格子里渐渐浮现出不同的画面,像是一部部小电影,里面演的都是我脑中虚构的场景:Z先生、妻子和儿子在不同时空中经历的一切。

每个格子里的画面在刺眼闪光之后便悉数暗下,变黑的格子越来越多,最后,整个格子间都陷入了黑暗。我试图站起来看看究竟发生了什么，头却顶到了一块透明的天花板，与灰色隔板高度齐平。周围所有人都不见了，只有我被囚禁在一个一米五见方的逼仄格子里。

我惊慌地摘下耳机线，试图从格子间的豁口离开，同样是一面看不见却实实在在的墙，挡住了去路。

这究竟是怎么回事？是 HR 干的吗？

我抄起旋转椅，朝那堵隐形墙砸了过去。但出于某种无法言述的原因，那堵墙消失了，整个格子间倾斜了 180 度，像倒垃圾一样，把我和椅子一起，丢进了那个豁口。

下落的感觉持续了一个 C 级投诉电话那么久。

我在一个白色房间里，除了眼前这个人之外，其余事物都失焦般一片模糊。

一个戴着黑框眼镜的中年敦厚男人，板着面孔，双手交叉抵住鼻尖。

"你是谁？我在哪里？"

"哼,你没认出来吗,我是你的编辑啊。"那个男人冷笑着说,"那个被你骂成狗屎的人。"

"……这怎么可能?"

"既然你可以跟亚历山大·佐戈里对话,编辑坐在你面前有什么不可能的。"

"你是怎么知道的!"

"我太爱'揭晓谜底'的戏码了,每个故事都必不可少,不然就别想发表,至少在我这里。"

"回答我!"

"所以你还认为自己是那个人吗?郁郁不得志的业余科幻作家,能和虚构出来的人物对话,然后联手创作一篇小说,或者用你的话说,伪造一篇小说,来完成对我的报复?"

所以这个人知道我的一切,无数种可能性飞奔过脑海,包括面前的这个人其实是我破碎人格的一部分。

"不,我确实是你的编辑。"他看穿了我,带着笑意说道,"我还是你的奴仆、宠物、爱讲冷笑话的长官、老款尼桑……

我是你恐惧和欲望的投射物,是你想要逃离却又不得不一次次滚回来的黑洞。"

"你究竟是什么?"他的话吓到我了。

"我是你的整合者。"

"我的什么?"

"你不觉得这几个时代都有某种内在的同构性吗,崩溃前的阿尔巴尼亚,1969年的中国,未来市,那种Zeitgeist,时代精神如出一辙,所有人都是那么的狂热而坚定,同时又那么绝望而孤独,那是你赋予他们的气质,是你的灵魂投影。"

"什么是整合者?"我把话题扭回正轨。

"你没有感觉到自己的世界正在崩塌吗,无论是客观上还是主观上,像打碎了一根温度计,水银珠子洒得满地都是,可是你捡不起来,无论你多努力,它们总是会从缝隙里逃掉。你濒临涣散,如果再不进行整合,你就完了,没了,什么也不是了。"

"所以你是来帮我的?"

"嗯……可以这么说吧。尽管这只是一份工作,像你一样,我也会觉得无聊、浪费生命，有时候暴躁失控，可是慢慢的，你会对工作带来的副作用上瘾，甚至把它当成救命稻草。"

"就像上班偷摸着写小说一样……"

"没错，就像上班偷摸着写小说一样。"男人点点头，表情柔和了一些。

"为什么我会变成这样？"

"你在斯坎德培广场上袭击了来援建的中国人，当我们把你救活时，你却认为自己是个中国人。你的脑子里被安了某种认知炸弹，主体和客体，自我和他者，真实和虚构，全乱套了。中方认为世界范围内的一系列恐怖袭击背后都是同一个势力，所以借助他们的叙事整合技术，我们要帮你尽可能恢复心智，找出背后的策划者。"

这句话像是自动应答机一样从男人口中流出，却带给我无穷无尽的问号。

"你是说阿中援建？"

"不是你父亲被派到北京的那次，他们又回来了，带来了更新的技术和更多的钱,伟大的中国人。"

"所以你说这一切都是假的?可我明明是个接线员……"

"你能告诉我彩虹发生器是什么吗?"

"什么?"

"彩虹发生器。你每天都在回答关于它的各种问题,可它什么样了,干什么用的?"

这个问题一下问倒了我。我熟悉客服手册上的每一条应答技巧,产品说明书每一页上图片和文字的排版位置,可我竟然说不上来,它究竟是什么。一股恶心的感觉在嗓子眼翻涌着。

"看,这就是这个模版里自带的'麦高芬'模块。它似乎无处不在,可你就是不知道它是个什么玩意儿。"

"可我为什么要袭击中国人呢,我对中国的感情那么深,做梦都想回去……"

"也许这就是原因吧,像很多人说的,童年的事情,谁知道呢。也许你把父亲的死也怪罪在中国人头上?毕竟被遣返回国后,霍查没让他少遭罪,还有你的妻子和儿子……在科幻模版里这叫作'蝴蝶效应'。我们尝试过许多次,这个模版对你的整合效果是最好的。"

所以我才是亚历山大·佐戈里,我才是Z先生,或者Z先生的儿子。那些我本以为是虚构的画面和情节扑面而来,凝固成了真实,我痛苦地抱住了自己的脑袋。

"至少我们现在有了一个阿尔巴尼亚科幻作家,用他以为的中文写作……"

"为什么要告诉我这些?"我突然暴怒起来,感觉自己像是猫爪子间被无情玩弄的小老鼠。

"人道主义精神……"男子突然收了嘲讽的笑,大概维持了一秒,"……才怪。每个人都有自己的小小癖好,你喜欢上班写科幻小说,我喜欢在抹掉一段旧进程,开始载入新模版之前,跟对方来一次真诚的、毫无保留的交流。我一直以为自己能够坚持下来是出于对真相的热爱,但现在我明白了,根本没有真相,你和我是一样的,我们都生活在虚构中。所以能够窥探到别人的虚构世界,甚至参与到其中,改变一些东西,对于我来说,这就是最上瘾的事情了。这种感觉你一定能懂。"

我懂,我当然懂。这就是我为什么那么讨厌编辑的原因,他们不亲自创造,只是改变创造的人。

"所以……这一切都会被抹掉,从头来过?"

"这条线已经快崩溃了,我们不得不这么做,直到我们得到想要的答案。"

"那还等什么,动手吧。"

"在那之前,作为你的编辑,我还想知道最后一件事……"

"还有什么是你不知道的吗?"我说的是事实。

"你真的认为那个结局可行吗?通过那样一本书逃到未来的中国?"

一些从未发生过的未来记忆扑面而来。我和小燕开着水滴形的飘行车,在两个月亮的辉映下,穿梭在浅蓝与粉红柔光交替闪烁的高楼大厦间。一切都如此井井有条,遵循着科学乐观主义设定的轨迹行进。没有饥饿,没有灾害,没有烦恼,每个人的脸上都洋溢着富足、文明与节制的微笑,就像是从杂志封面上剪下来的一样。

"那本书陪我度过了很多难熬的年头，对于我来说，那就是未来最好的模样。"

一阵白光泛起，就像是上海牌58-Ⅲ型相机再次被按下快门，那个男人不见了，《小灵通漫游未来》中描绘的未来市场景也渐渐模糊散去。

我所伪造的故事，也终于来到了结尾。

# 奥德修斯之音

飞氘

飞氘,中国科幻小说家,著有《纯真及其所编造的》《讲故事的机器人》《中国科幻大片》,曾获全球华语科幻星云奖最佳科幻图书奖。现居北京。

2013年，我在《文艺风赏》"发明"专栏发表了12个超短篇科幻，这些故事共享一个松散的世界观，后来随意起了个名字，称之为"寂寞者自娱手册"系列。本文即该系列之一。其实，那些故事的内在统一性，毋宁说是当年的一种愁闷心境。如今时过境迁，写出来的这篇也不甚满意。特别是，这两年小说写得很少，约等于0，拖得越久，就越不想重新启动，这就像锻炼身体——长期不运动，就很难启动。各位写作的朋友，希望你们永远不要陷入和我一样的停顿中。当然，每天醒来，都会发现，现世已经很魔幻了，而我却还在写科幻。这是我不想写新小说的另一个原因。也就是说，对于为何写作、写些什么产生了严重的疑问。后来看到一位作家说，不是在平静之处才能写作，而是写作了才能获得平静。于是用了几天时间，勉强写完了这个作品。至于写作到底能不能带来平静，大家自己试试就知道了。

由于无法在三维时空中搭建"阿尔伯特防御",任何活性存在簇都会在此坠入时间流逝的幻象之海,领受灵性蒸发的危险。不过,来这里捡拾古旧构件甚至直接在此维度上工作的发明家仍络绎不绝。据说,真正的卓绝者皆信奉灵性守恒之道,明白牺牲与收获在贝立西变换中互为镜像,极端之辈甚至把灵性蒸发视作至高的发明艺术。且不论"时间为天赐迷醉之源"这一传言根据何来,可以确定的是,让冒险家们心颤神摇的昂然另有他物,这其中当然包括了奥德修斯之音。

——《可推测宇宙第 2F 次膨胀期发明家手册》

众所周知,人类向着银河系深处迈进的雄心在历经一百五十个世代的淬炼与风化后陷入消沉,辉煌璀璨的朝圣联盟渐渐喑哑无光,迎来了第一次大衰退。朝圣主干线上的几大星域只能勉强维持着松散的联合,众多支线星域纷纷跌入"熵淖之渊",从文明宜居态退回到排斥态,沦为一片片满目疮痍的暗窟。每当星寂事件被确认,朝圣伦理委员会便在所有广播信道中奏响《光明经》,哀悼文明的生灭。起初,即便那些身体样态改造得早与先祖毫无相似之处的人们,也会在收到经文的一刻,感到周身浮起毋庸言述的悲凉。不过,随着殖民星的不断寂灭,幸存者们终究学会了处之泰然。大约正是在这倦意弥漫的时刻,从广袤的坟茔之地,传来了巴比伦塔与奥德修斯塔的彼此问答。

按照官方记载,远在星际延拓局这一古老的机构成立之初,伟大的隐名者已经习得了时空导引术,预见了联盟的兴荣与衰没,"双塔铭刻"的构想由此而来。于是,在每颗殖民星上,都会有一座黑色的巴比伦塔和一座银色的奥德修斯塔,前者记载着本星球有史以来的所有逝者之名,以为永久之纪念,后者则收听并传递着那些从遥不可及的地球传来的渺茫音信,象征着对母星的忠诚。事实证明,具有希格斯结构[1]的双塔能够长久地抵御熵淖之袭。当文明的遗存在星寂中被抹除,唯有双塔饱经消磨而无声矗立,向伟大的创造者给出最后的交代。据推测,

---

[1] 希格斯结构,即阿尔伯特防御阵列在低维时空的近似态。

正是这种忠于职守的可敬态度，促使某座被遗弃的奥德修斯塔，在无限期的指令等待中有所参悟，向自己的银色伙伴发出了第一声问询。收到答复后，这最初的无主诵经者开始日夜不休地广播死者之名，并陆续引出了一批效仿者。

朝圣伦理委员会为何会默许这未经授权的广播？务实之辈认为，颓唐慵懒的官员早已学会对任何无碍大局的蹊跷之事听之任之，即便他们有心弄清原委，也无力派出调查团前往阴森的寂灭之地一探究竟。虔敬之人相信，每一个名字的背后，都标记着一段人类与宇宙相处的尝试，尽管那些不可追忆的生活几乎一定都充满了挫折并以失败告终，但对逝者的怀想总能激起千般甘苦，浇灌枯灼焦涩的心田。

比较而言，色空纠缠学派的解说较少带有个人情绪：我们将微不足道的一生拴系在一串字符上，凭靠不厌其烦的呼唤、书写、怀想，排布与之相关的声光电磁，匹配着红尘中的奔走求索、彻夜无眠、痛心疾首、策马扬鞭，以此打磨这生前既已存在、身后仍将驻留的符号。于是当肉身毁朽，因之而起的时空涟漪被熵淖抚平，浸泡了一世血泪的字符就成为待命的记忆单元，一旦被重新道出，曾因这名姓而缘聚的种种机械波纹、分子化狎、电子脉冲、量子涨落，又将短暂地应声奔涌，虽不能在此处重新汇流，却会在五维时空里皴染出往昔的轮廓，那不可复生的逝者以此永存世间。

对这一描绘，善于以能量体状态切入高维时空打捞光锥耗散碎片的数字浪人们从未予以证实或否认。他们至多愿意承认，在维度跃迁中，回荡在银河系的奥德修斯之音仿如海上浮标，会将人引向一处维度裂谷。与寻常的维度漏网点相比，那超尺度的巨型切口堪称罕见，令最无畏的打捞客也徘徊不前，贸然趋近者全都形神幻灭，无人知晓那团氤氲混沌通往哪一层位面。

根据官方要求，拥有执照的时空导引师在面对相关咨询时，应对以上各方说法采取不予置评的态度，也就是说，任由它们成为大衰退时期晦暗生活的调味剂。调研结果表明，在习惯了奥德修斯之音的世代里，那绵长而单调的广播为人们带来了程度不同的平静与乐趣：名门望族借此扩展亲缘网络，将谱系套嵌进古老的光荣传说；星球志学者获得了研究殖民星风俗变迁、语言演化、人口增减的重要资料；热衷掌故的人士喜欢穷尽各种辞书、档案、野史、秘闻，竭力挖掘每一个名字背后的故事；天性诙谐者则从异乡异客的古怪名姓中得到了数不清的快乐。至于普通听众，与逝者的相遇全凭机缘。偶尔，会有几个似曾相识的符咒怦然掉落心头，引出一段水波烟云般的回忆。有时，不眠不休地等着一个无法忘怀的名字再次漫过发肤却至死而终不可得。当然，大多数的收听者大多数时候对于大多数的姓名一无所知，那些陌生的称谓仿佛随意生成的符码。但恰是这干燥与空洞的诵念令人备觉抚慰。毕竟，一想到如此多的不论伟人小人神人废人天人末人都已流入万古洪荒，再想到宇宙中竟煞费苦心挥毫泼墨积天地之精气造出如此多与自己同样平庸的生命，而这丰饶的平庸或许才正是文明的柔韧填充，那心情也就自然爽朗了几分。于是，昼夜不停地收听奥德修斯之音，成为修身养性、提神助眠、益寿延年的佳选。

不用说，杞忧派信徒一如既往地提出了忠告：初期的朝圣之旅充满坎坷，人性备受考验，先贤们因此准许所有人死后留名于巴比伦塔。这样的安排，无论是为了载录一切光荣与罪孽以待将来之评说，还是为了阐明不论智贤愚奸在死亡面前一律平等的道理，在当时都不无悲悯众生之意，但时过境迁，如今竟将存于荒凉之地、乏人问津的姓名无所分别地广播于寰宇，则实在不妥，倘若色空纠缠学派之说可信，更有凶神恶煞在五维时空中被重新唤起的危险。

不用说，他们的忧虑一如既往地受到了嘲笑。受到启发的刻舟主义艺术家掀起了一轮改名热潮，声称自己的余生都应被称呼为"霜叶红于二月花"先生、"变频朝霞在残忍的四月色谱上永不凋零"女士、"阅读本书使你头脑中的有序信息量增加了"同志、"爱卿，你所求的并不多啊"居士、"给我一个支点，我可以撬起地球"行者、"戈尔本特拉茨和叙拉的圭尔迪韦尔尼和阿尔特里家族的阿季卢尔福·埃莫·贝尔特朗迪诺，上塞林皮亚和非斯的骑士"，等等。本着对个人意愿的尊重，官方表示，只要当事人能准确地背诵出自己的全名，大多数的申请都可以获得批准，至于在不可预知的将来，本地的奥德修斯塔是否会进行无主诵经广播、那些不寻常的姓名届时是否会在银河系中汇合成一组五味杂陈的诗篇，就只有等到本星寂灭之后才能揭晓了，换言之，全凭时运。

正是这场看似荒唐的闹剧，促使几位聪慧的刻舟主义艺术家在对自己怪诞姓名终生不悔的体认中，不约而同地创立了"无树非台"主义。自那时起，不论一个人的名字看起来多么恶趣味，稳健之士都不再妄加非议，大家多少都会同意这个浅明而深刻的看法：词与物之间的关联毕竟充满偶然，尤其是在光年的尺度上，语言的变迁如此剧烈，书写的方式如此多样，以至于任何一个字符都可能在不同的语言中表示毫不相关甚至皆然相反的事物，这意味着，一个人的名字，在另一种语言中可以成为另一个人的名字。换言之，任何一座巴比伦塔上铭刻的本地逝者之名，也就是全部已逝的、将逝的乃至未出生的一切人类之名，即全部所闻见的、未闻见的乃至不可闻见的万物之名。那些希望通过自己的死亡将文学经典、数学公式、哲人教诲混入奥德修斯之音的努力虽不乏幽默，却多此一举，因为无主诵经中的每一声悼念，都已穷尽了人类可以言述的一切。

在"无树非台"主义践行家看来，似乎毫无征兆的"奥德修斯静默"其实早在意料之中。他们耐心地劝慰着身边的朋友，希望他们领悟"诵念一人即诵念人人"之义。当然，身体自有记忆，习惯不易更改，当常伴左右、终日不息的诵经骤然远去，失落与迷茫都在所难免，有的人甚至从此身心萎靡、一蹶不振。临床经验表明，对于这些重度的诵经成瘾者而言，强制戒断、药物替代都只会适得其反，最好的办法就是告诉他们：无主诵经并未停止，那突如其来的静默，其实是在超度所有因种种缘故而未曾被巴别塔记录下的无名逝者。在这段漫长的空白背后，是无以计数的沉默亡灵。要知道，这无形的休止符，与大千符号一般无二、不可或缺。

闻听此言，失神之人便能若有所悟，愁云渐消，有的甚至面露霞光，心生欢喜，仿佛已经听见所有词语终于汇聚，那伟大的创造者就要自道其名。

# 退行者

## 宝树

宝树，幻想文学作家，北京大学学士，比利时鲁汶大学硕士。出版有《三体X：观想之宙》《时间之墟》等四部长篇小说，于《科幻世界》《银河边缘》《小说界》《花城》等刊物发表数十篇作品并多次结集出版。曾多次获得中国科幻银河奖、华语科幻星云奖的主要奖项，已有多部作品被译为英、日、西、意等外文发表。

《退行者》不能算严格的科幻，但却是一个关于时间的幻想故事。我曾经在《时间幻想小说的枯竭与丰盈》（发表于《时间不存在》）中分析过，关于时间的幻想题材，缘于现代生活对时间控制的精确化和时间体验的破碎化之间的冲突，也将随着生活时空形式的不断解构与重构而与时俱进。近年来，大量时空穿越、时间循环、返老还童、平行宇宙等主题的幻想小说与影视的流行，令大众越来越多地通过想象时间的超现实变化来理解世界和自我。《退行者》尝试从一个新的角度去思考时间与生活的意义：时间意味着现实生活的唯一性，如果能拥有抛开不利的状况而不断重新展开时间的能力，现实本身就被消解了，而同时被消解的也是人的存在本身。

1

毫无征兆，飞机就掉了下去。

当时，他正在商务舱里绘声绘色地给妻女讲这次欧洲之旅的精心安排，妻子两眼放光，女儿兴奋地大叫爸爸真棒，空姐体贴地送上刚煎好的牛排和红酒。窗外阳光璀璨，洒在棉花糖般的云朵上。事后想来，当时他的人生堪称完美，事业蒸蒸日上，生活优裕富足，家庭幸福和睦，他也相信一切将变得越来越好，直到岁月的尽头。

忽然间，机身猛烈地抖动，他心脏一紧，身子随之没着没落。各色食物和饮料飞向空中，尖叫声此起彼伏。女儿没系安全带的小小身体也飞了起来，重重地撞到了行李架上，他想去抓她，但没有抓住。一切都如飞入太空般失重。他在慌乱中向窗外瞥了一眼，下面连绵的雪山正摇摆着迎上来，就像是有一个巨人从下面攥住整架飞机，把它狠狠地拉往地面。尖锐的警报响起，氧气面罩弹在他面前，但他来不及戴上，已晕了过去。

他被一阵寒风吹醒，发现机舱只剩下了一半。扭头看去，妻子的身体像是个被踩瘪的洋娃娃，扭曲得他都不敢多看一眼；女儿蜷缩在地上，身上没有什么伤痕，看似只是睡着了，但是身体已经冰冷，无论他怎么喊也醒不过来。周围还有许许多多的尸体和残肢，但没有其他人还活着的迹象。

他却奇迹般地没有死，甚至没有受致命的重伤，只是一条腿断了。他无助地哭了起来，跌跌撞撞爬出机舱，发现飞机坠毁在险峻的冰峰雪谷之间，事后推算，这里应该是西藏或青海的某条山脉深处。举目几乎没有任何人类的迹象，然而对面的悬崖上却奇迹般出现了一点红色，似乎是一座很小的寺庙。希望又在他心中燃起，他忍着腿上的剧痛和刺骨的寒冷，一瘸一拐地挪动过去，求庙里的人施以援手。

他走了很久才走到那里，庙里只有一个老喇嘛，老得像有两百岁，白胡子几乎要垂到地上。面对他的哀求，老人带着浓重的口音说，我看到飞机掉下来，但我也救不了谁，这是命数。

你在庙里休息一下，等外面的人进山来搜救吧。

他的心冷下去，他知道妻子和女儿已经都死去了，自己活着还有什么意思呢？他大声嚎啕，要从悬崖边上跳下去。

老喇嘛拉住他说，罢了，上天有好生之德，我还有一个法子，也许可以救他们。

他重新鼓起希望，忙问究竟。老喇嘛道，有一个威力无穷的密宗咒语，称为"退因缘行咒"，据说是打不动明王传下来的。只要从头到尾念一遍，就可以解开因缘的脉络，退回到许多因缘缔结的状态。但具体退到何处，无法确定。如果有人懂得使用这个咒语，就能让整件事重来一遍，避免灾祸，救出自己的亲人。

他将信将疑，但像溺水的人只得抓住身边最后一根稻草，此时他只能选择相信，求老喇嘛教给他咒语。老喇嘛缓缓道，这个咒语本不能轻传，今日你来到这里，是你我的缘法，我可以教你，但你要记住，咒语只能使用一次，用完后就要忘记，否则定会出现不可测的灾难。

他自然一口答应，花了半小时，记熟了那个复杂拗口、不明意义的梵文咒语，闭上眼睛，深吸一口气，然后一字字念了出来。等念到最后一个字，一阵奇异的晕眩感从四面八方袭来。

## 2

　　再睁开眼睛的时候，他发现自己还是在机舱里，妻子和女儿好好地在自己身边说说笑笑，只是客机还在机场，尚未起飞。他擦了擦眼睛，原来真的回到了几个小时以前！他几乎以为是做了一场噩梦，但坠机的可怖画面还在眼前闪现，妻子和女儿死去的惨状刻骨铭心，各种细节比早上的记忆还要清楚。他心中一紧，知道这不会是假的。

　　机体轻微地振动起来，开始在跑道上滑行。他忍不住大叫起来，让飞机不要起飞，说它会掉下来，妻子面红耳赤，拽着他袖子，让他别胡说八道，他此时无暇解释，只能甩开她。机组人员也过来阻止，让他保持安静，周围人都当他是笑话，眼看说什么都没人信,飞机就要起飞,他一横心,大喊一声:飞机上有一颗炸弹,马上就要爆炸了!

这回所有人都恐慌起来。飞机立即停止滑行,所有人都被带离飞机,警察和技术专家随即赶到,将飞机仔细检查了一番。结果当然并没有炸弹,也没发现任何故障。折腾了半天后,只有他们一家人被留下,客机如常起飞,也一路平安,抵达了欧洲。坠机压根没有发生,也许当时是一颗陨石砸到了飞机上,也许是一只鸟撞进了发动机,既然这一次没有发生,原因也就无法知晓了。

所有人都捡了一条命,但这只有他自己知道。没有人感谢他的救命之恩,他还因为扰乱公共秩序被警方拘留了很多天。

一开始,他虽然觉得委屈,但总算救了家人和整机乘客的性命,感觉还是值得的。然而出乎他意料之外,风波并没有渐渐停息,仍在继续发酵:他大闹机舱的视频被好事者传到网上,引起了社会公愤,他的身份也被人肉出来;公司为了维护自己的声誉,宣布将他这个高管除名。同时航空公司和一些耽误行程蒙受损失的旅客还在起诉他,要他做出巨额的赔偿。

失去了高薪的工作,他顿时连房子的月供都无法承担,刚买来装修好的独栋别墅,还没住几个月,就交给银行拍卖了。妻子和女儿一直没有好脸色给他看,他早已告诉她们事件的原委,可她们都不相信,妻子觉得他精神出了问题,女儿也变得越来越怕他,看到他都尽量躲得远远的。有一次,妻子差点把他骗到精神病院去治疗,他勃然大怒,把妻子骂得狗血喷头。

第二天,妻子带着女儿离开了,他花了好几天都找不到她们的下落,其他亲友也都躲着他。他放弃了,此后,不是喝得酩酊大醉就是通宵玩网络游戏,无时无刻不在麻醉自己。

一天深夜,他从宿醉中醒来,头疼欲裂,发现自己躺在客厅的地板上。地上扔满了烟头、酒瓶和外卖饭盒,一切凌乱而死寂,让他想起另一个时空的空难现场。他想起不久前,家里还是整洁明亮,充满了一家人的欢声笑语,悲从中来,泣不成声。为什么明明他拯救了家人,生活还会变得如此糟糕?这中间究竟出了什么差错?

是那个神秘的咒语改变了一切。显然,问题就是他退行的时间太短了,如果当时退到登机之前,随便找个理由不去登机,后面一堆事情就都不会发生。那为什么不再退行一次呢?虽然那个老喇嘛说只能用一次,要不然就会有大祸临头,可现在不已经是大祸临头了吗?再用一次又能惨到哪里去?

他一横心,把老喇嘛的叮咛抛在脑后,再一次念出了退行的咒语。

很快,奇异的晕眩感再度降临。

## 3

他睁开眼睛,发现自己坐在一个光影迷离的酒吧里,面前是一个时尚娇美的女孩,委屈地看着他,脸颊上还挂着泪珠。他愣了一下,方想起来,那是三四年前他带过的一个实习生。当年那女孩爱上了他,将他约出来向他表白,说自己不介意他结婚了,只要能陪在他身边就好。当时他不是没有心动,但顾及妻子和不到两岁的女儿，还是狠心拒绝了她。但他心中多少是有遗憾的，后来他常常想如果自己答应了会怎样，也曾做过和女孩缠绵缱绻的春梦，谁料多年后，他竟还有机会回到人生中最诱惑的一刻。

女孩梨花带雨地倾诉着，带泪的目光中都是柔情。他不由想到了她的未来，在被他拒绝后，女孩很快离开了公司，去了另一座城市，后来他辗转听说她结婚又离婚了，一个人带着天生残疾的孩子，生活得很不幸福。

一阵愧疚涌上心头，这也许都是他的错，他不该那么生硬地拒绝，让她无助地离去。他又想到了妻子，飞机失事的事，无论他怎么解释妻子也不相信，还在他最艰难的时候离他而去。一股怨愤从他心底升起，自己为什么要为妻子这样的女人放弃眼前一伸手就可以摘到的甜美果实？

他没有动弹，但女孩似乎看出了他内心的挣扎，嘤咛着扑到了他的怀里，诱人的芬芳将他包裹，他想，这也许是上天赐给他的第二次机会，他没有推开她，却听任自己沉入那无比醉人的温柔。

他度过了心醉神迷的一夜，此后他们便开始偷偷约会。那时候他在公司负责一个大项目，事业正在关键期，经常国内国外出差，顾不得家。家里孩子还小，老人体弱多病，也帮不上忙，绝大部分时候都是妻子带的，妻子也有很多抱怨，这些事当年他都忍过去了，甚至还有些歉然。可现在，明了未来的他不免觉得，妻子这个人真是短视无知，只会为鸡毛蒜皮扯他后腿，却看不到几年后就将苦尽甘来。加上上一次退行时的怨气还没散去，他三天两头地和妻子吵架。情人却在他身边陪着他，和他一起奋斗，这更让他感觉到情人的好。

半年后，项目比第一次更圆满地完成了，他被擢升为大区经理，情人也被提拔为部门主管，他们的关系更加亲密无间，直到情人婉转地暗示结婚。

他吓了一跳，虽然和妻子的矛盾越来越多，但他并不想失去家庭，让女儿没有父亲。他结结巴巴跟情人解释，情人闹了半天别扭，虽然噘着嘴答应了，但要求更多的陪伴和关爱。他尽量去满足，为了弥补，又违规给了她不少宝贵的机会。但局面逐渐开始失控，她在深夜里给他发微信，好几次差点被妻子看到，他好不容易支吾过去。可不久后，那女孩又发了朋友圈，有和他在一起的暧昧合影。他吓了一跳，好说歹说才让她把照片删掉。

没几天到了七夕，情人要和他一起过，可他已经越来越害怕和这女孩相处，找了个理由推掉了。但那一天，当他和妻子在街上推着孩子散步的时候，情人忽然出现，朝他们走来，巧遇一般和他打招呼。他强自镇定地为她和妻子相互介绍。情人夸赞妻子美貌，女儿可爱，没多说什么便转身离去。妻子没有多问。他当然也没有多话，心里庆幸地想，总算又过了一关。

第二天，当他回到家里，妻子已经带着女儿回了娘家，留下一张纸条，让他和情人双宿双飞，说会找律师办理离婚事宜。原来他的事情，妻子已经查得清清楚楚。他如遭雷击，再打妻子的手机，却早已关机了。

霉运接踵而来，他和下属的关系已经有蛛丝马迹被人发现，他还浑然不知。公司的死对头找人偷拍了他们在酒店开房的照片，发到了许多领导的邮箱里，整件事很快人尽皆知，还是最不堪的版本：权色交易，公器私用，影响十分恶劣。领导找他谈话，撤掉了他的职位。焦头烂额中，妻子又寄来了离婚协议书，要女儿的抚养权。他不同意，好说歹说见了女儿一面，女儿却不认他了，一见他就哇哇大哭。家中老父为这事都气得高血压复发，住了院。

眼看妻子那边日益无望，他也动了和情人结婚的念头，可他不知道自己失势以后，已经不能给那女孩她想要的东西。有一天，她发微信说，自己不该破坏他的家庭，决定彻底退出，然后拉黑了他。连番打击下，他的工作几次出错，新任的上司训了他一顿，让他卷铺盖走人。

他早听说是此人告密才害他一落千丈，反而自己趁机上位，此时怒上心头，挥拳便打。对方身材比他还高大一些，但禁不住他狂怒之下的拳脚，很快狼狈倒地。他一拳又一拳地狠狠打着，尽情宣泄着自己的挫败与积郁。上司一开始在地上还哭爹叫娘，后来声音渐渐没有了，人也不再动弹，只有口鼻里汩汩冒血。力气和愤怒一起消失了，他如梦初醒，松开了手。

警察到来时，他还在尸体边抽着烟。警察厉声叫着，让他举手投降，他没有理会，把烟头扔在地上，念出熟悉的咒语，然后闭上眼睛，逃向另一个时空。

## 4

这一次，他在装修一新的婚房里醒来，身边是小鸟依人、更年轻温柔的妻子。他知道自己退回到了再往前三年的时候，那是一个美好的时期。这一年，他和妻子新婚燕尔，正如胶似漆。工作上入职了后来的公司，虽然薪资还比较微薄，但是他踏实肯干，机会很多。何况，他已经知道了未来会发生的很多事件，完全可以利用这些信息十拿九稳获得成功。生命的美好丰盈可以再度展开——只要避开后面的情人和某次航班。

但他很快发现，自己的生活中还有一个小小的问题。其实对别人倒也不是问题，只有对他是。

那时候，女儿还没有出生，甚至没有怀上。

他惘然若失,朝思暮想。当年他曾更想要一个儿子,女儿出生后还暗中失望过,可这些年来,女儿已经是他人生中很重要的一部分。他深爱这小家伙稚嫩的嗓音和甜甜的笑容,爱她憨态可掬的动作对话和各种调皮捣蛋的小聪明。为了她的未来,他觉得一切辛苦劳作都是值得的。但现在女儿却凭空消失了。她还会再度出生吗?

他还记得女儿受孕的那几天,是在不久后的蜜月旅行中,很可能就是在其中某一个激情澎湃的夜里。此前他出差了十几天,此后又忙于工作,整天加班,疏于房事,女儿肯定是那几天怀上的。他必须让女儿再次如期降临。

本来新婚之时,他和妻子每天都如胶似漆,但为了防止怀上另一个孩子的意外发生,他不得不找理由可笑地拒绝和妻子同房,搞得妻子满腹狐疑。煎熬了几个月后,他和妻子开始了一再耽搁的蜜月之旅。他们登上一条邮轮,远离都市的喧嚣,航向碧海蓝天。在朝向大海的豪华客房里,妻子穿上性感的内衣,柔情万种地抚摸着他,在他耳边呢喃着风情的话语。但他开始紧张,他知道眼前不是一次普通的欢爱,而关系他们的整个未来,他不能搞砸了。行房时,他眼前不是妻子的妩媚妖娆,而是女儿天真活泼的笑靥。这感觉太古怪了,明明很久没有房事,但关键时刻他却不幸疲软下来,然后就再也无法重振雄风。

妻子埋怨了几句,就去睡了。但他心情沉重,通宵未眠。第二天,他搞来一枚蓝色小药丸,这一次他龙精虎猛,不达目的誓不罢休,妻子也加倍迎合,总算是圆满成功。事后,妻子很快就陷入了熟睡,但他仍迟迟未眠。他想到一个问题,他有亿万个精子,这一次达到终点的几乎不可能是之前的那一颗,当然,在同一个排卵期,卵子还是一样的,那么他的女儿再次出生时,是同一个人还是另一个人呢?

这个近乎形而上学的问题,他没法知道答案,连猜测都没有机会。妻子的月事在半个月后如期而至——她竟没有怀孕。从未存在过的女儿永远不会再出现了。

除了他,没人知道这个女儿的存在,他无法对任何人讲明,一个人到酒吧里喝得大醉,嚎啕大哭起来,喊着这个世界上不存在的女儿的名字,别人还以为是失恋。有人让他闭嘴,他借醉意骂了几句,便被好几个文身大汉拎起来,打得鼻青脸肿,扔到了后巷的垃圾箱里。

他像摊烂泥一样躺在臭气熏天的垃圾堆上,望着黑暗无星的夜空,露出轻蔑一笑,喃喃念出了那句咒语。

## 5

他在图书馆里,在一排书架后面,偷偷凝视着一个正在桌上认真读书的年轻姑娘。那是他后来的妻子,这一天是历史上他们相遇的日子,后来的婚姻中,他们每年都要庆祝这个甜蜜的日期。如今,在多少次人生之后,他又回来了。

这次他退回到两年以前,正好是在他和妻子相遇前几天。所以他又来到这里,发现妻子已经恢复成了初遇时的俊俏女郎,旧日的情火重新在他心中燃起,他想,也许自己还有机会挽救一切,和妻子再一次相爱,也让女儿再度出生。他向妻子走去,心中酝酿着那些本来要说的台词。那本是几句极陈腐的搭讪话，但妻子说，正因为他的笨拙才打动了她。

这本小说很好看，他走到年轻妻子的身边说。马尾辫的女生抬起美丽的眼睛，困惑地望着他。他笑着坐到她身边，继续念出当年的对白，我很喜欢他的作品，你也是吧？我们交个朋友好吗？多年老夫老妻下来，他从未怀疑妻子注定会投入他的怀抱，但他不明白，因为已经共处了很多年，自己的语气、动作和眼神都发生了微妙的变化，在对方看来像是一个神经兮兮的自来熟，妻子眼神中出现了警惕，敷衍地回应了几句，很快就起身走开了。

等一下，他有点不知所措地叫道，这和他的记忆完全不符。他甚至叫出了妻子的名字，别走，是我啊。

这个错误毁了一切，妻子听到一个陌生人喊出自己的姓名，更加恐惧地跑开了，他追上去，不但没追到，而且差点被保安当成流氓抓起来。

他没办法，只能又找了妻子几次，她的电话、地址、邮箱他都非常清楚，但结果是越弄越糟，妻子已经把他当成了不折不扣的跟踪狂。最荒诞的是，因为他的威胁，她竟然接受了当时追求她的另一个男生，让他保护自己。

事情每况愈下，他发现自己已经毫无办法。他以为妻子和男朋友会很快分手，但并非如此，没过多久，他听说那人跟妻子求婚，妻子答应了。绝望中，他给妻子写了一封几万字长信，告诉了她在另一条时间线上他们的相识相恋以及将会有一个幸福的女儿，告诉她自己是在不断的退行中重返相遇时，他哀求她相信自己，拯救他们的未来。

信发出去了，又过了很多天，迟迟没有回复。他想，也许妻子压根没有看，也许她看了但一个字也不信，也许她此刻正在和未婚夫调情，一起嘲讽自己。那么还是重新来过吧，他下定了决心，念起了咒语。

熟悉的晕眩袭来时，他似乎听到手机响，但已经来不及接听了。他永远也不会知道，那是妻子读完了他的信，刚刚克服了恐惧和羞怯，下决心给他打来了电话。

## 6

又一次人生。

他再次走进阅览室，在书架后注视着妻子。只是这一次他戴着帽子和墨镜，门口还守着两个不显山露水的保镖。

又是多少时光过去了？他在心里算着，如今我竟再一次回来了。只是一切……都完全不同了，和以前的好几次人生相比，是天差地远的不同。

这一次他的确出了大岔子。他渐渐知道，每次念完退因缘行咒，不论当时所处的时间是什么，所退到的时间都要早于上一次退行所抵达的时间点。也就是说，每次退行都要在上一次退行的基础上，继续往过去逆流而上。他的生命将不断退回到更小的年纪。

他预期这次会再后退一两年，那样他还有时间去重新建立和调整与妻子的关系。但他错了，这一次的退行带他越过了漫长得多的岁月,让他在大学宿舍里醒来,距离上一次的时间点足有六年之遥。他二十岁以后的人生全都化为乌有。

许多天里,他如同迷路的孩童,在当年的校园小径上茫然踟蹰,想着许多年之前或者之后的另一种生活,如今一切已遥不可及。不过从另一个角度看,甩掉了未来的工作和婚姻问题后,生活再次充满了无数的可能性,他可以自由地选择自己的前程——比第一次人生中的二十岁要自由得多。他也厌倦了不断倒退后重新开始,他不能一直退行下去,而必须再度启程向前。他对自己说,这是自己最后一次使用这个咒语了,无论将来遇到什么,都永不会再念起那可恶的咒语!

他重新规划了自己的人生,利用对未来的知识和经验,很快就一鸣惊人。首先是利用体育博彩赚到了第一桶金,然后退学,创办了自己的公司,进行各种风投。他投资的项目不多,但运气却好得惊人,电商、影视、房地产、社交媒体、数字货币……在各个领域的投资都取得了丰厚的回报,他的资产如孙悟空翻跟头一般增值,又收购了好几家未来将名扬世界的公司。

三年后，他的名字在中国富豪榜上出现，又过了两年便升到榜首。随着时间推移，他成为商业名流，他的名字在亿万人中家喻户晓。当年曾作为小职员入职的公司被他收购，那些当年他曾仰视的公司老总和各界名人，如今在他面前，不过是卑微的蝼蚁。

随着之前不敢想象的飞黄腾达，他自然也享受到了有钱男人最令人垂涎的生活。他正式约会过的对象包括以前做梦都不敢想象的一线女星、美女作家和富豪千金，有过露水姻缘的各界佳丽更不计其数。不过，他一直还记得自己前一次人生中的妻子。他想，自己总归还是要和她相见。毕竟在他好几次的人生中，他从来没有爱别人那么深过。

所以，到了他和妻子相逢的那一天，他推掉了一堆会议，让司机把车开到市图书馆。然后再次悄悄走进阅览室，在书架的缝隙间又看到了那个熟悉的侧影，那女孩曾经将要和他的命运相连，为他生儿育女，和他爱恨交织。但现在她还一无所知。

他以为自己可以像之前那样怦然心动，燃起激情，可现在，看着久别的妻子，他却惊讶地发现自己的内心已经全无波澜。这个女孩那么相貌平凡，打扮土气，读着一本肤浅可笑的心灵鸡汤书，和自己完全属于两个世界。他甚至奇怪自己竟然会爱上她，和她共度多年的人生。

　　他又想到了失去的女儿，心中翻起一阵酸楚，但也不复当年的煎熬。多少时光已经过去，如今伤口已经被抚平，那个曾最亲爱的孩子也只剩下一个模糊的形象，不真实得仿佛清晨回想昨夜的幻梦。

　　他发出无声的叹息，悄然离去。让这段缘分在开始前就结束了。他想，如今他大概真的可以放下了。

　　他怀着几分歉意，在暗中帮助本来的妻子找了一个收入理想的工作，还帮她本应很快去世的母亲治好了重病。当然，她对这位贵人一无所知。在应该和妻子结婚那年，他与一位政界要人的独生爱女在巴黎举行了盛大的婚礼。

　　婚后，他的事业继续蓬勃发展，几乎可以影响半个国家的经济命脉。然而，因为联姻的关系，他发现自己开始身不由己，陷入了一些势力争斗的旋涡。岳父很多生意都远远超出了法律允许的范围，是许多集团的幕后主宰。他明面上的财富虽多，比起岳父真正拥有的又差得太远。不过，即便岳父也有更强大的敌人，他的商业帝国成了岳父的战争中一枚重要的筹码。他想过置身事外，但关系已经撇不清了。

几年后，形势急转直下，他的岳父忽然倒台，此后，他的商业经营也处处受阻，有人给他通报消息，说他很快会被逮捕，他利用自己的关系网及时逃到了海外。财富损失了八九成，但他在国外仍然有许多资产，足以像国王一样过完下半生。他的事情上了全世界各大媒体的头版头条。他深居简出，隐居了一段日子。他本想不问世事，但仍然有人担心他知道得太多。

一次，当他在海景别墅前的沙滩上晒太阳时，看到一架式样精巧的无人机飞到自己的面前。他以为是隔壁哪家孩子的新玩具，还好奇地盯着看了片刻，直到看到机身下的黑色枪管喷出灼目的火光。

他被扫射,身中数弹,倒在血泊中,一时却还没有死去,趁还有最后一口气,念出了那句他一直没有忘记的咒语。

## 7

有东西砸在他额头上,他猛地跳起来,叫着,子弹!子弹!但眼前却是高中的课堂,是老师用粉笔头扔他,周围的同学一片哄笑。他又从大学时代退行了两年,回到了十八岁,其时还是一个青涩的高中生,和父母在小城里生活。多年来,他已经习惯了万人之上的富贵荣华,骤然又回到平凡人生,很不适应。他对自己说,必须尽快重新拥有自己失去的一切。

他根本无心再读完高中。高考,上大学,找工作,这些对经历沧海桑田的他已毫无意义。他尝试说服父母让自己退学,自由发展。但父母怎么也不同意,最后大吵起来,父亲愤怒地给了他几个耳光。他也不想再多解释,干脆偷了家里的两万元存款,跑到了外地,利用这些钱和对未来的了解,他有把握通过股票在一年内就赚到一百万，两三年后便可重返亿万富豪的行列。他想，这次一定不要太贪心，低调一点，见好就收，别和那些危险的人事搅在一起，就不会出问题了。

过了几天，他给母亲打了个电话，说自己出去闯天下，很快会发大财回来，母亲婆婆妈妈，问他到底在哪里，他怕被他们再干扰，干脆断绝了和家里的联系，投入东山再起的事业中。他在商业投资上已经轻车熟路，一年后，他赚到的钱比预想中还要多几倍。他揣着好几张金卡和一箱的现金衣锦还乡，心想这次一定能让父母无话可说，心悦诚服。但家里却大门紧锁，空无一人。他走到窗前往里看，看到房间里落满了灰尘，柜子上有一张黑白遗像，放在骨灰盒之前。

那是他父亲的照片。

他惊骇莫名，在本来的时间线中，父亲十多年后还活得好好的，怎么会突然死去？他跑到邻居家探问，好不容易问出事情的一部分原委。他失踪以后，家里人怕他是被坏人诱骗去吸毒或赌博，忙去报警，但这种青少年离家出走的案子多如牛毛，警察根本没当回事，也懒得认真去查。他父母只有自己贴寻人启事，到处打听他的下落，结果就有许多真真假假的线索，把父母引到全国各城市去寻找。

半年前，他们听人说北方一些小煤矿有被骗去挖矿的黑奴工，其中有个少年很像是他，于是千里迢迢跑去，自然没找到儿子，但黑煤矿的确存在，父亲似乎查到一些线索，去向当地的警方报案，但那种地方蛇鼠一窝，报案被压下，父亲不久后反被收押，几天后莫名其妙地死在看守所里。母亲受不了双重的打击，变得疯疯癫癫，几个月前也被送到了精神病院，每天还叨叨说要找儿子。

邻居叮嘱他，赶快把母亲接回来。他却摇了摇头，转身离去。事已至此，就算接母亲出来，给她看好病，父亲也不可能复生了。他这一辈子赚再多的钱，也弥补不了这份无可估量的损失。

他登上了附近一座大厦的楼顶，坐在天台边上吹着风，一边把上千张百元大钞从那里撒下去。钞票如雪花般飘落，人群从四面八方聚拢过来哄抢,很快一部部警车也尖啸而至。他轻快地笑起来。命运真喜欢折磨我,可是我总有法子逃出生天,没有任何绝境能困住我,没有。他冷笑着,慢慢念着咒文,念出最后一个字的时候,他在底下人们的惊呼声中跃向蔚蓝的天空。

# 8

这次,他本来期望再倒退两三年,停留在中学时代,那样还不至于太难熬,他会安于平凡朴素的生活,也许还能和当年的班花谈个恋爱。等到高中毕业以后,再慢慢展开他的计划,他还有很多很多的时间。这次他绝不会再犯任何错误,绝对不会。

但睁开眼睛,他才发现前所未有的奇异景象:周围的一切突兀地变得异常巨大,路上的行人都成了巨人,开过的小汽车甚至比大卡车还要大,马路宽广得有如广场。退行怎么会让他进入奇幻世界?

他愣了一下才明白,不是别的东西变大,而是他的身体缩小了。他战栗起来,踟蹰不前。年轻的父亲如巨灵神般把他抱了起来,笑着说,怎么了?别怕,学校里有很多小朋友陪你玩呢。

他颤抖起来,这一次,时间无情地后退了十一年之久!十一年!他成了一个七岁的儿童,被父亲带着,走进小学的大门。

他必须从头经历一遍整个小学和中学的生活。他记忆中的小学生涯本来是充满乐趣的,但那只是在记忆中。对一个经历过无数精彩人生的成人来说,重新从白痴般的启蒙课程学起,和咿呀学语的学童打打闹闹,做着无聊游戏的生活,宛如服刑般令人窒息。

在越来越无趣的第二次童年里,他在每天夜里一遍遍复盘,思考着自己不断重启却不断失败的人生。他渐渐明白,所有问题的起源,就在于自己得到了随时退出眼前人生重来一遍的力量,这是一个他无法摆脱的魔咒。所谓人生,本来就意味着必须承受命运的不幸，接受不可改变的事实，再设法重整旗鼓。而他拥有了不必硬拼的选择，那么便会不断地从原来的战场后退，转身逃往更遥远的过去。

如果不肯接受命运带来的不幸，最终连幸福的希望也要一并失去。

但他明白，重返过去、再来一遍的诱惑实在是太大，一次可以克制，两次可以抵御，但在一生的漫长岁月中，面对随时可能降临的痛苦折磨，谁也不能保证下次不会再转身逃走。他内心知道，自己无论多么抗拒，总有一天还是会再念出退因缘行咒的。

怎么办呢？他忽然有一个疯狂的主意：直接念动咒语，回到更幼小的时期，比如一两岁的时候，那时候的他没有语言，没有思维能力，也不会记得那么多事。忘却一切后，他就能重新开始全新的人生，不再受到魔咒的诅咒。

于是他下定决心，在深夜的卧室里启唇，喃喃念起咒语。一阵晕眩，他回到了六岁时的动物园，但他还是记得太多的事，于是再次退行，回到了四岁的幼儿园，似乎还不够，他再一次念起咒语……

然后，他什么也不知道了。

## 9

他一定是回到了襁褓之中，也许是母亲的子宫里。但这一次，他什么都不记得了。

他的人生再一次从头展开，但失去记忆也就意味着没有改变的机会。随后的一切就像第一次人生一样，一模一样。

他按部就班地长大，读完小学、中学、大学，到公司入职，在图书馆里碰到心爱的姑娘，结婚，蜜月旅行，生下可爱的女儿。他的事业开始发达，他拒绝了追求他的女实习生，完成了一个大项目，升为高管，买下了大房子，还开开心心地带着妻女一起去旅行。

然后，在三十多年的漫长岁月后，悲剧再次发生，飞机从天上坠下，妻子和女儿都死于空难。他再一次拖着伤腿，绝望地爬进了一间山上的破庙，向一个白胡子的老喇嘛求助。

老喇嘛却像早已明了一切，看着他，悲悯地摇摇头。在另一个因缘中，你曾经来过这里，我也告诉过你只能使用一次那个咒语，不能贪求别的，可是你没有听我的话，如今一切都无法挽回了。

他一头雾水，不明所以。老喇嘛叹息着走开了。但他渐渐感到，眼前的一切似曾相识，熟悉得令他颤抖。他说的咒语是什么？到底是什么东西？为什么他明明什么都不明白，却又似乎感到了某种比他的一生还要久远的既视感？

终于，遗忘之墙崩裂，一串晦涩拗口的音节在他脑海中响起。他想起来，那就是彻底改变了他的退因缘行咒。

随着这个咒语，无数神奇怪诞的记忆怒吼着冲入他的脑海，他在片刻间回忆起了一切，一次次人生的前因后果，悲欢离合。这些一直藏在他的心底，从未真正被忘却。

他在极度震惊中大口喘着气，心中混乱得如天翻地覆。老喇嘛又回来了,见他呆若木鸡的样子,说,都想起来了吗?

都想起来了,他呻吟着说。

那就好,现在你还有一次机会。接受现实,埋葬过去,你的人生还可以继续往前走,记住,这是最后一次机会了。

他点了点头,颓然坐倒在地。但妻子和女儿的面容还在眼前浮现,让他肝肠寸断。他想,自己前前后后经历了无数人生,差不多有一百年了,难道这一切都是白费吗?他无论如何还是没有办法接受发生的一切,接受眼睁睁死在自己面前的亲人,几小时前她们还快乐地依偎在自己身边,幸福还触手可及。在自己努力了差不多一个世纪之后,难道让一切最终返回原点?他不能接受。

不,他一定要再试一次,他想,如果退回到几小时以前,或其他任何时候,他一定不会再逃避。这一次,他唯一的诉求就是逃过这场眼前的惊天大难,让妻子和女儿复生,然后就老老实实地接受其他不完美的命运,安心地度过余下的平凡人生。

抱着这样的决心,他趁老喇嘛察觉之前,再次念出了咒语。

但距离上一次退行已经过去了太久太久,他还是忘记了一件事,一件他绝对不应该忘记的事。

每一次退行的起点,是上一次退行到达的终点,而不是现在。

每一次退行,都要退到更久远的过去。

没有例外。

## 10

这次和之前任何一次的感觉都不同。

他在浑身异常的剧痛中睁开眼睛,发现自己须发皆白,躺在一间雪白的病房里,浑身插满了管子。面前还紧张兮兮地围着好几个衣着老式的中年男女,脸上都是一副生离死别的难过样子。不知怎么,他知道那是他的儿女们。

难道他反过来跳到了很多年以后?这怎么可能呢?中间发生了什么?他在疼痛中搜索着脑海中陌生的记忆。那是波澜壮阔又饱经苦难沧桑的一生，饥荒、革命、战争、动乱、平反……如今他是一个八十多岁的老人，癌症晚期，距离死亡没有多远了。

但那不是他，这个奄奄一息的老人怎么会是他呢？他的人生和自己也没有任何相同之处，他努力转动眼球，看到了墙上有一本挂历，那上面的年份他倒也很熟悉，那是他出生前一年，那年他父母刚刚结婚。太荒谬了，那一年，他明明还不存在——

忽然间，他明白了一切，被从未有过的恐惧攫住。

这个老人不是他，却也是他。

这是他上一世的人生。上一世。

他瞪大了眼睛，喉头发出咯咯声，无法克制地战栗起来，他这才明白了退因缘行咒真正的力量：退行一旦开始，就永远不会真正停止。只要你念起咒语，就会不断地在之前的时间点上继续往过去前进，甚至超越人生的界限，在宇宙轮回的业力中退往无限遥远的过去。

而现在，他就忍不住要再度念出咒语了，因为这具癌细胞已经转移了的身体,实在被肉体痛苦折磨得太惨。为摆脱这剧痛,他不惜一切代价。

他闭上眼睛,泪珠从颤抖的眼皮底下沿着苍老的皱纹滚落。这一次,真的要和之前的世界,和自己爱过的一切永别了,他的旅行才刚刚开始。在这次旅行中,他会经历无穷无尽的战争、饥荒、瘟疫、灾劫,经历历史上记载和没有记载过的许许多多苦难。

在无穷无尽的时间逆流中,他将一遍又一遍地失去拥有的一切,甚至失去自我。也许只有到达时间的源头,他才能找到解除咒语的方式。到时候,他也许根本连人都不是,而是变成了某种无法理解、不可思议的存在。

但他不能不去发动咒语,这是他唯一的选择,唯一的救赎。

他再次微微张开嘴唇,以旁人听不到的声音默念咒语,在奇特的晕眩感中,他让自己放弃抵抗,沉入时间的深渊。

# 魂归丹寨

## 江波

江波,中国"硬科幻"代表作家之一,其作品屡获中国科幻银河奖和全球华语科幻星云奖,2019年获得京东文学奖科幻专项奖。作品《移魂有术》被改编为科幻电影《缉魂》于2021年上映。

人们一直把科学和神学分开，认为科学并不触及精神领域的事物。然而当科学发展到今天，触及人的大脑，一些原本被认为是精神世界的事物，也会被科学的手术刀解构。有个案例给我印象很深刻，事件发生在美国，某个性格温和的人突然性格大变，大肆杀人后自杀，留下遗言，要求解剖自己的大脑。结果在他的大脑中发现一个肿瘤，压迫了杏仁核，杏仁核控制着人的攻击行为和恐惧情绪。这就从生理上解释了他的心理变化。更为隐蔽的情况，比如冥想，也会造成大脑的改变从而产生特殊的体验。科学家如果把一个人长期关闭在黑暗环境中，就会出现逼真的幻觉，甚至参与试验的志愿者说自己看了一部电视剧。这是大脑在失去输入信息的情况下，自行制造出来的视觉。它当然并不是真的，但也不是假的，它真切地存在于人的大脑之中。

《魂归丹寨》这篇文章的核心科学概念，就是人的大脑会制造出许多幻觉，历史上的许多传说、神话，或许都可以用科学的方式进行解读。它是对神话和传统的再造，是一种再认识。科幻小说在科技和人文的融合之中寻找自己的空间，探索可能性。它可以面向未来，也可以回到过去，用自己的方式，帮助人类认识世界，认识自己。

二十年前,刘满贵离开丹寨的时候,从来没有想过自己有朝一日还会回来。

"你是阿满?"老眼昏花的六婆婆就着太阳光端详了半天后,犹豫着问了一句。

"对!"刘满贵看着头发花白的六婆婆,鼻子一酸,两眼一热,泪水一瞬间便充盈了眼眶。

"你真是阿满!"六婆婆又惊又喜,拉住了刘满贵的手,"你可算回来了,七公一直念叨,说阿满该回来了,大伙儿都说你在外边发达了,不会再回来了,但七公不信,说你一定会回来。这真是太好了!"

六婆婆的语速很快,口齿伶俐,一点也不像是上了岁数的人。

当七公两个字从六婆婆的嘴里说出来,刘满贵的眼神一下子暗淡下来。

"七公还好吧?"刘满贵问。

"你还没见到七公?"六婆婆惊讶地张大了嘴,"我还想你已经见过他了。"

六婆婆的话让刘满贵的心微微抽了一下，脸上露出一丝尴尬。

他抬眼看了看寨子高处，陡峭的山坡上，一座孤零零的吊脚楼依山而立，像是挂在那儿的一个小小火柴盒。

"快去看看他，这些年，他最念叨的人就是你了。"六婆婆说着推了刘满贵一把。

刘满贵把带来的两盒点心搁在六婆婆廊下的桌上，恭恭敬敬地作了个揖，退出门去。

该见的总得去见。

刘满贵吁了一口气，迈开脚步，走出村子，踏上了田垄。

田垄上长着稀疏的草，随着刘满贵的脚步，灰绿色的拇指大小的青蛙不断从草丛里跳起，跃入稻田的水中，此起彼落。一条鲤鱼在水稻间游动，受了惊扰，猛地一打尾巴，荡起一圈涟漪。正是稻花盛开的季节，微微发黄的细小花朵落在水面上，水波荡漾，带着稻花悠悠浮动。

刘满贵停下脚步。

此情此景，像是在他的心头划拉了一下，让他有些恍惚。

二十年了！

当年的少年郎，如今人到中年。寨子的变化也令人恍如隔世。

刘满贵向着坡下望去。丹寨占据了连山最好的位置，山坡平缓，梯田层层叠叠，一直绵延到山脚，有近四十层。寨子在山腰，山势到了寨子这里就陡然一变，变得异常陡峭，外边的人想要攻破寨子，比登天还难。山上还有七口泉眼，常年流水不断，灌溉这数十层的梯田，也滋养着寨子里的人们。

这是块被其他寨子艳羡了六百年的宝地。

梯田看上去既熟悉又陌生。

再望得远些，尽是山。绿的山，蓝的山，青的山……越来越远，颜色越来越浅，最后成了淡淡的一抹，横在地平线上，和天空融为一体。

这是大山里的寨子。

一阵悠扬的芦笙传来，把刘满贵从恍惚的回忆中惊醒。

他转过身，抬头向着上寨张望。

丹寨分为上下两部分，上寨更古老，像个军事堡垒，下寨则是纯粹的民居。上寨的楼，都是用石头堆砌的基底，然后砌出水渠，引来泉水，顺着地势在寨子里穿行，既是生活用水，也能防火，更是在外敌侵入时的有力屏障。这是先民们耗费了无数人力心力才筑成的堡垒，只求子孙万代平安，然而禁不住便利的诱惑，上寨住的人越来越少，刘满贵走的时候，上寨只剩下十多户人家，几家猎户，剩下的就是芦笙长老和颂诗人。

芦笙长老能吹出最美的芦笙调，那叫真本事。

熟悉的曲调让刘满贵的记忆再次复活，他想起当年自己走的那天，走出了两个山头，还能听见芦笙的调子。

那天，他听到的是一曲《送儿郎》。

此刻，他听到还是《送儿郎》。

丹寨的儿郎要远行，八寨的乡亲听我唱，

他乡的山水千千万，丹寨的泉水清又长，

儿郎此去远家乡，父母在垄上驻足望，

一望我的好儿郎，披星戴月吃饱餐，

二望我的好儿郎，天寒地冻添衣裳，

三望我的好儿郎，平平安安传家书，

天边彩霞红彤彤，姑娘跳起锦鸡舞，

丹寨的儿郎要远行，乡亲送行过了八寨……

熟悉的歌词像是在刘满贵头脑中盘旋，越来越响，胸口一股气涌上来，直冲天灵盖，刘满贵鼻子一酸，缓缓在垄间蹲下，呜呜地哭了起来。

七公的屋子里还是老样子。

一对硕大的牛角挂在堂上，正对着门。两旁的墙上贴着松木，上了厚厚的漆，板上都是刀刻的画。那故事刘满贵从小烂熟于心，开首第一幅画，讲的是尤公大战黄龙公的故事。画上，尤公双手各持利刃，形态威猛，那黄龙公却猥琐地缩在一边，脸上满是恐慌的神色。黄龙公身后，是雷公电母还有洪水，蓄势待发。

这是苗家远古的传说，苗家的首领尤公是条刚正勇猛的汉子，带着苗家人在大河边开垦土地，耕种庄稼。后来黄龙公来了，要抢苗家的土地，尤公带着精壮的苗家男儿去和黄龙公打仗，节节胜利，后来黄龙公用了诡计，才打败了尤公，还砍掉了尤公的脑袋。苗家人从此颠沛流离，被迫离开大河，到了山里，不断在大山中迁徙。

这是先民的历史，在汉家的地方，刘满贵早就听过不同的版本。汉家人称尤公为蚩尤，残暴好杀，是黄帝打败了蚩尤，才有了天下太平。

谁是谁非，早已经湮没在历史长河中，毕竟那都是几千年前的事了。现实就是苗家人在大山里艰难耕作，过着和上千年前没有太多差别的生活，大城市里的汉家人，早已经住进高楼大厦，建设现代的物质文明。苗家人只有走出去，才有希望，就像他刘满贵一样。

然而面对七公,刘满贵实在不敢提这样的想法。

七公从里屋走出来。

虽然上了年纪,但仍旧精神矍铄,两眼精光四溢,见到刘满贵,劈头盖脸就是一句,"你还知道回来!"

刘满贵不敢还嘴,老老实实地低着头,准备听七公的训斥。

七公却随即叹了口气,"回来就好。你要做啥子,大人也不勉强你。"

听见七公的话说得这么软,刘满贵喜出望外。他抬眼看了看七公,说一句:"七公,您气色好啊!"

"好什么好!差点没被你气死。"七公又骂了起来。

刘满贵慌忙低头,拿出驯服的样子。

二十年了,就算一个人外在变了许多,有些内心的东西不会变。

对七公,刘满贵又敬又怕。

七公在条凳上坐下，招呼刘满贵，"阿满，坐这里。"

刘满贵顺从地走过去，挨着七公坐下。七公身上浓烈的烟草味有些呛人。多年来，刘满贵没有沾过一根烟，乍一闻到这浓烈的烟味，不禁咳了几声。

"阿满啊，你这一走，就是二十年啊！"七公拉开了腔调。

七公是寨子里的颂诗人，说起来话也带着腔调，总有些像是唱歌。苗家的人都说会唱歌才会说话，七公简直就是把说话都当成了唱歌。

"是。"

"这次回来，几时走？"

"请了一周的假，下周二走，赶回去上班。"

"当初不许你走，你硬要走。现在你也不是寨里的人了，要走，七公也不好留你。"

"七公，这是哪里话。我这不是回来看您嘛！"

七公扭头看着刘满贵，仔细端详，一边看一边点头，"没错，是阿满，就是变得白嫩了，城里条件好，不用那么辛劳。"

七公对城里似乎总有一股怨念，丹寨原本是个很清净的地方，与世无争，就像一个世外桃源。外边的消息要飞进这山沟沟里，得要飞好久好久。寨子里听到的消息，往往比外边要慢上一年半载。

　　三十多年前，从城里来了一群人，闹哄哄地在龙泉山里开矿，矿机打破了山里的寂静，也打开了山民的眼界。上新学，时代给孩子提供了新选择。刘满贵就是那时到矿上学校里读了书，然后离开了丹寨。

　　刘满贵没有理会七公话中的怨意，"这回来，我想带几个后生跟我一起出去，我那儿缺人，正好让他们帮忙。"

　　七公眼神微微一滞，似乎在发愣，最后叹了口气，"走吧，走吧，这寨子，留不住人呐。"

　　刘满贵慌忙接上七公的话，"七公，我接您去上海吧，那儿什么都有，日子可舒心了。"

　　七公摇摇头，摆摆手，"我一把老骨头了，经不起折腾，在这儿比去哪儿都好。"

刘满贵默然。

"这次回来,几时走啊?"七公又问。这正是刚才问过的话,七公上了年纪,记性也差了。

"下周二,一周的假。"刘满贵回答。

七公伸出手指掐了起来。

刘满贵心头微微一动。小时候,他看惯了七公掐手指,七公的五根手指像是有某种魔力,拇指不断地和其他手指一碰又分开,就像是神秘的舞蹈。他屏住呼吸,目不转睛地盯着那五根翻飞的手指。手指停下来的时候,七公总会说出一番让人惊异的话。

拇指最后和中指搭在一起,形成一个半握拳的手势。

七公转过头来,脸色严肃,"阿满,你这回走,七公我不拦着你,但是你要答应我,请完七姑娘再走。"

请七姑娘!刘满贵一惊。

每年稻花开的时节,苗家的寨子就会举行仪式,送七姑娘上天。长老会找来年轻的姑娘或是小伙,让他在颂诗人的歌声中和七姑娘相见，送七姑娘去天上，保佑寨子风调雨顺，稻米丰收。

这是迷信！就像是和鬼神通灵。当初正是七公坚持要自己请七姑娘，自己才不顾一切，独自出走。二十年后，七公还是没有忘了这茬。

"时辰正好，你就是最适合请七姑娘的那个人。"七公的话和当年简直一模一样。

刘满贵看着七公。

七公老了，脸上满是皱纹，皮肤成了古铜般的颜色，看上去也像古铜般坚硬。他的眼里满是殷切的期待。

"好！"刘满贵答应下来。

刘满贵要送七姑娘的消息就像长了翅膀，传遍了丹寨，也传遍了八寨。

外头回来的先生要送七姑娘，这事透着神奇。丹寨有好些个年头没有送过七姑娘了，说是这些年的姑娘小伙都不行，没法进入状态,也就没法把七姑娘请出来,送上天。慢慢地,大家也就淡忘了这事,说起请七姑娘,都像是一个遥远的传说。

活人怎么能和死人说上话?

上了岁数的人都深信不疑,年轻人则不以为然,如今听说在大城市里做大学问的大人物要送七姑娘,无法不感到惊奇。

约定的日子到了,铜鼓广场上人山人海,里三层外三层,挤满了看热闹的人。姑娘们都穿上最好的衣物,戴上漂亮的头冠和项圈;小伙子则随意得多,但多多少少还是穿上了传统服饰。乡亲纷纷拿出各自的好东西,就地做起了生意。

人们把这当作了一个盛大的节日。

刘满贵站在金锁身旁,面对着热闹的人群,心中不免有些慌乱。

"金锁,你说今天能成吗?"刘满贵问。

"满贵哥,七公说能行,就一定行。"金锁笑呵呵地回答。

金锁是刘满贵从小玩到大的朋友,虽然二十年不见,仍旧一见如故。今天他特意穿上了黑色镶红边的苗家衫,干净而松胯，颇有些世外高人的样子。

金锁抱着一管巨大的芦笙，有二十九根管，立起来高出金锁一头。最高的竹管顶端，两条色彩斑斓的锦鸡尾羽直挑天空，在晴朗的天空下甚是醒目。这是芦笙长老特有的标识。

"那天的《送儿郎》，是你吹的？"刘满贵问。

"哥，你不是问过了嘛？就是我吹的。"金锁爽快利落地回答。

刘满贵点点头。金锁吹芦笙的技艺出神入化，年纪轻轻就成了芦笙长老，然而自己始终有些不敢相信。或许是因为当年金锁一直是个跟在自己身边的小跟班，从来没有展现出任何过人的天赋。

士别三日当刮目相看，何况二十年呢？

刘满贵盯着场中巨大的铜鼓图样，怔怔出神。二十年了，当年七公一直说自己有天赋，可以做颂诗人，接他的班。二十年的时间让芦笙长老换了一茬人，颂诗人却一直没有换过。

七公干这个怕有四十年了吧。

刘满贵抬头看了看场边。七公穿了一身黑衣，黑衣上绣满花纹。今天的仪式，七公是主事，他特地换上节日盛装，映衬得满脸红光，仿佛年轻了十岁。两面巨大的铜鼓立在七公身后，每一面鼓前都站着一个赤膊的力士，拿着胳膊粗细的鼓槌。

"金锁!"芦笙队里有人喊金锁的名字。

金锁应了一声，向刘满贵点点头，"满贵哥，我过去了。表演完了，我再找你。"

刘满贵随意地点了点头，继续盯着广场中央的铜鼓图案，若有所思。

"起!"一声长长的唱腔宣告了仪式的开始。

热闹的芦笙调中，两名精壮的汉子抬着一根三米多高的柱子走进场子，九个身穿苗衫的汉子，手里拿着明晃晃的苗刀，排成三排三列，跟在他们身后。抬柱的汉子在铜鼓中央停下，护卫的汉子四下散开，口中大声吆喝。伴奏的芦笙更加急促，和吆喝声应和，铜鼓也恰到好处地响了起来。

"请七姑娘!"七公仰着脖子，声音洪亮，以至于喇叭里传出的声音都有些疵了。

众人的视线齐刷刷地向着刘满贵投射过来。

刘满贵站起身,从拿刀的汉子中间走过,走到了广场中间,站在柱子下方。

柱子的顶端是一对硕大的牛角,左右对称,向着天空高高扬起。刘满贵抬头望着那对牛角,双手覆面,心中默念七姑娘的名字。

多佳颂,多佳颂,快快出来见尤公!

他用苗语默念了三遍,打开遮面的双手,高高举起,然后双膝跪地,向着柱子上方的牛角伏身拜倒,双手贴地,连面孔都几乎挨到了地上。泥土的气息充斥了鼻腔。

高高立着的牛角是尤公的象征,刘满贵拜倒在这柱子下。

《多佳颂》的芦笙调恰到好处响起来。

七个芦笙长老缓缓走出,绕场行走,最后围成一个圈,将刘满贵围在中间。

水从山上来，人往田间去；

牛儿犁田过，汉子插秧忙；

禾苗青又尖，稻花香又甜；

蓑衣沾露水，露水养稻米；

请来多佳颂，上天传音讯；

风调雨顺日头高，兴高采烈丰收年；

……

抑扬顿挫的芦笙调中，七公在唱歌。

歌词都是苗语，发音很轻，词语粘连，仿佛咒语一般。

歌声飘进了刘满贵的耳朵里，刘满贵跟着轻轻吟诵。这是他自小背诵熟悉的歌，二十年没有温习过，但一唱起来，记忆就像打开阀门的洪水般汹涌而出。

刘满贵直起腰来，盘腿席地而坐，闭上眼睛，应和着七公的歌声。

芦笙的调子忽然一变，变得更为轻柔，咿咿呀呀，如婴儿学语。七公换了一首《太阳早起歌》,和芦笙的调子正好搭配。

刘满贵也随着那调子在心中默默地唱。

不知不觉中,听到的歌声越来越轻,心中的歌声却越来越响。

世界变得很安静,一切声响都消失了,只有自己的歌声仍在。

刘满贵继续唱着,他感到自己的身子渐渐飘了起来,神智一阵恍惚。

当他猛然清醒,却发现自己正行走在田埂上,一团浓浓的雾遮蔽山坡,小径顺着田埂向前,消失在雾气之中。

前边有人在唱歌,歌声从雾气中传来,清脆嘹亮,是难得的女高音,刘满贵加快脚步,上前看个究竟。

浓雾消散,田间的空气格外清冽。就在田埂上,刘满贵看见了唱歌的人。那是一个娴娜的背影,戴着高高的银凤冠,冠上的饰物在风中碰撞,发出细微而清脆的响。

她穿着百鸟服,每一只绣在衣服上的鸟都栩栩如生,随着她的脚步颤动,仿佛会从衣服上跳出来飞走。

七姑娘!

刘满贵心头狂喜。这就是七姑娘!

他赶紧上前,站在那女人身后,深吸一口气,让激动的心情稍稍平复,开口喊了声:"多佳颂!"

女人回过头来。

这是一张既熟悉又陌生的面孔。刘满贵确信自己从未见过这女子,然而却又像是曾经见过。她的脖子上挂着银项圈,闪闪发亮,比通常苗家女子戴的项圈粗了一圈。项圈上雕刻着精美的图案,层层叠叠,美不胜收。项圈下方,银铃铛像是瀑布一般地挂着,直垂到腰间,盖住了束腰带。她像是被银子裹了一身。

女人嫣然一笑。

"阿满,你找我吗?"女人显然认得自己。

"对对对!"刘满贵忙不迭地回答,"今天是稻花香,我来送七姑娘你。"

"好啊!"女人说着伸手一挥,刘满贵顿时只觉得脚下一空,低头一看,自己已经站在半空中,远远望去,梯田就像层层叠叠的抹茶蛋糕,青葱的绿色中掺杂着几缕不易觉察的黄。寨子横在山腰里,像是大山的腰带。

七姑娘就在身旁站着,笑吟吟的样子,正看着自己。

"七姑娘,我们是要去天上吗?"刘满贵不慌不忙,平静地问。

"对啊,你不是要送我吗?当然是去天上。"

"但我只是送你出寨子啊。"

"你不知道送七姑娘,是要送到家的吗?"七姑娘嗤嗤地笑了起来。

刘满贵仔细地打量七姑娘。

她的面孔有些模糊不清,然而刘满贵知道她很美丽。她是个神话传说中的人,也许就是所有苗家姐妹美好的集合吧。

她只是一个幻影吗?刘满贵满心怀疑,她分明活生生地和自己站在一起。或者,这是一个梦?

倏忽之间,他们已经落在了一片田地里。

这和丹寨的梯田很像,却又稍有不同。稻子已经成熟,沉甸甸的稻穗弯着,连成黄灿灿的一片。每一颗稻谷都像玉米粒一般大,稻穗有人的胳膊一般粗。

这是天上的寨子,七姑娘长大的地方。

七姑娘在田埂上走着,向着寨子的方向而去。刘满贵慌忙跟了上去。

一个男人站在稻田的尽头。

七姑娘远远地看见那男人,回头向着刘满贵说:"我到了,我先进去了。"

刘满贵一听有些着急,"七姑娘,老乡们问今年的收成,我可怎么说?"

七姑娘一笑,"你不是已经看见了吗?"说话间,她的影像逐渐变得透明,话音刚落,人已经消失不见。

刘满贵使劲眨了眨眼。

七姑娘不见了,眼前只有那男人。男人在向他招手。

刘满贵走上前。

男人的模样长得有点像是七公，眉眼之间又有些差别，年纪更是差了二三十岁。

"阿满，你来了，正是太好了。这里好些年没人来了。"男人说。

"阿大，您是？"

"你认不出我吗？我是你爹啊！"

"爹？"刘满贵满怀惊讶，仔细打量。自己很小就死了父母，是七公一手拉扯大的，对父母没有一点印象。

"那年你三岁，发了高烧，爹背着你赶了六十多里山路到镇上找大夫，你不记得了？"

刘满贵依稀记得这么回事，他记不得缘由，只记得自己昏昏沉沉，不断地颠簸，那是一段很难受的经历，此刻被这个自称自己父亲的人提起，一下子便回忆起来。

他猛然想起了从前的一幕幕情景，他骑在父亲的肩膀上，看着最强壮的水牛打架；坐在田埂上，一边逗弄小青蛙，一边看着父亲插秧；山上的泉水最干净，父亲带着自己，去泉水积聚的池子里泡着，据说这样可以得到祖先的庇佑……

突如其来的回忆让刘满贵错愕不已。他早知道送七姑娘可能会见到先人，但没想到居然会遇见自己的父亲。他愣愣地看着这个和自己年纪一般大的父亲。

"你做了颂诗人不？"父亲问。

"啊，没有！"

"你这娃子，怎么这么不长进，你说要做颂诗人，做全寨子最光荣的那个人。"

刘满贵知道父亲说的是什么，他能够回想起当时的情景。那时自己刚三岁，坐在一堆乱七八糟的物什中间。芦笙，锦鸡羽毛，小刀，银色的牛角，女孩儿的胭脂……甚至还有一把稻米，刘满贵似乎记住了当时摆在身前的所有东西。

这是一个小小的仪式，测试孩子将来长大会成为什么样的人。

三岁的刘满贵什么都没有选，而是从这堆物什中爬过，颤颤巍巍地站起来，抱住了一条腿。

那是七公的小腿。

七公笑呵呵地抱起了他，"阿满要做颂诗人咯！"

刘满贵咯咯地笑着，重复听到的话，"阿满要做颂诗人。"

父亲站在一旁，脸上笑开了花。

"悠悠的大河哟，宽又长；涛涛的河水哟，向东淌；两岸的稻田呦，稻花香；苗家的儿郎呦，好担当……"

七公开口唱了起来，父亲掏出芦笙，和着调子。

芦笙的声音越来越响，越来越跑调。最后，仿佛晴空霹雳一般，天空中传来两声炸雷。

刘满贵猛地睁开眼睛。

他正坐在铜鼓广场的中央，面对着图腾柱上高耸的牛角。芦笙的曲调正高亢，摆放在台上的铜鼓被两个力士击打，发出低沉的咚咚声。芦笙长老们围着自己，摇头晃脑地演奏芦笙，七公就站在自己身前，见到自己张开了眼，双手一举，咚咚的鼓声立即停下。七公原本念咒一般的唱腔一变，大声吆喝，"七姑娘走咧!"

人群中爆发出一阵欢呼。

七公弯下腰,向着刘满贵问:"今年的收成如何?"

"风调雨顺,大丰收!"刘满贵满头是汗,木然回答。七公直起腰,转过身去,向着人群大声宣告,"风调雨顺丰收年!"

人群爆发出热烈的欢呼,欢快的芦笙响了起来,人们涌入广场,绕着芦笙长老围了一圈又一圈,跟随着音乐节奏,跳起了圆圈舞。

这些喧闹却丝毫也没有影响到刘满贵,他仍旧一脸麻木,像是丢了魂一般。

过了半晌,他才从芦笙的曲调中回过神来。

方才的经历如此栩栩如生,只有一种解释可以说得通:这就是自己的潜意识。刘满贵没有想到,研究了大半辈子的潜意识,这么经典的一个案例居然发生在自己身上。

回到吊脚楼里,刘满贵翻出手机。如果世界上还有什么人能和自己一道研究这事,那只能是王十二。

电话嘟嘟响了两声后接通了。

"满贵师兄，你不是在放假吗？"王十二的声音传来。

"十二，我有件难得的潜意识研究案例想找你做。"刘满贵压抑着内心的激动，尽量让自己的语调平稳些。

"什么案例，你不是正擅长做案例分析吗？"

"我做不了。"

"你不是开玩笑吧，还有什么案例你做不了的？"

"我自己的案例。"

电话那头沉默下来。

中科院神经科学研究所是个漂亮的小院，院子里种满梧桐，临近秋天，梧桐叶带上了些微黄色，和仍旧一片碧绿的草坪相映衬，格外富有美感。

刘满贵坐在梧桐树荫下，盯着前边实验楼的自动门。

他在等王十二。

楼门开了，王十二走出来，他身穿白大褂，戴着蓝色口罩，头上戴着一顶医生的白帽,整个人裹得严严实实,只露出一双戴着眼镜的眼睛。

王十二在刘满贵身前站定,和刘满贵对视一眼,缓缓地摇头。

刘满贵点点头。

这已经是第六次测试失败了。和前几次一样,自己没有感觉到任何幻觉,王十二也找不到任何脑波异常。无论是芦笙调还是苗歌,或者铜鼓的敲击,喧闹的人声……两个人设计了各种实验情景,也用尽了各种心理学的诱导方法,最后还是劳而无功。

王十二在刘满贵对面坐下,拉下口罩,说:"满贵师兄,看来我们需要再仔细考虑一下还有什么诱导方案。你能再仔细想想吗?"

刘满贵默不作声,脸上挂着苦笑,脑子里却在翻江倒海。他几乎已经穷尽了一切能想到的要素,如果有,那么就该到那个怪异的幻觉里,去找七姑娘问个清楚。

沉默片刻后,他迟疑着开了口,"可能,这不适合做诱导浮现?"

"不可能。"王十二坚定地摇头,"人的任何潜意识活动,肯定能通过特定的诱导方式浮现到意识中。我的论文很扎实,你看过的。"

"没错,但是……"刘满贵犹豫了一下,"总有些特殊情况。"

"你肯定体验了浸入式幻觉,而且就和真正的感觉一样,对吧!"王十二反问。

"没错。"

"这就是典型的潜意识浮现啊!这就是你的潜意识。"王十二的口吻异常笃定,没有给刘满贵留下任何怀疑的空间,但立即又转了语调,"你确定没有使用任何药物吗?"

"没有。"刘满贵非常确定。按照送七姑娘的规矩,当天什么都不能吃,只能喝水。那水,也是从泉眼里直接灌来的水,不会掺上什么迷幻药。在深山里生活的前二十年,他也从来没有听说过迷幻药。

"看来你的潜意识藏得很深,但一旦诱导出来,影响也很大。但我确定这是科学,不是玄学,一定可以找到诱发因素,重复你的经历。"

打心眼里,刘满贵同意王十二的看法。

王十二有个绰号,"心理学福尔摩斯",各种案例到他手中,都会被他抽丝剥茧般整理得井井有条。对大多数人来说,心理学像是一门玄学,但对王十二来说不是。王十二是个货真价实的心理科学家,是国内研究潜意识神经活动的专家。思维的症结,需要用思维的手术刀去解开,王十二的思维正像手术刀一样锋利。

人的潜意识只在不知不觉中影响人的行为罢了。在出发去丹寨之前,刘满贵一直这么认为,对那些表现出分裂人格的案例,他一直认为不过是一种病态,甚至是一些罪犯为了逃避责任而捏造的借口。

然而经历了那真实的梦境之后,刘满贵就不敢那么自信了。

或许一些奇怪的东西浮上意识的表层，真的会让人整个变得不一样。

一片梧桐树叶落下，飘飘扬扬，恰好落在刘满贵身前。

秋天还没到，叶子就开始落了。

刘满贵心头一动，伸手捡起树叶。

门口的保安室传来喊声，"刘老师，刘满贵老师，有人找！"

刘满贵循声望去，只见在保安室门口站着一个人，身穿黑衣，胳膊上绑着一块白纱布。

那像是金锁。不知道怎么着，刘满贵感到一阵心慌。

金锁果然带来了不好的消息，七公去了。

刘满贵一阵茫然，整个人像是木了。

"七公说，他没有儿子，指定要你回去主丧。"金锁一边抹眼泪，一边说。

刘满贵麻木地点头。这像是冥冥中的天意，七公一直身体硬朗，从来没有表现出任何衰退的迹象，哪怕就是几天前主持送七姑娘的仪式，也精力充沛，身手灵活。哪能想到这么几天就去了。

"七公怎么去的？"沉默半晌后，刘满贵终于问。

"也就是前天上午的事，早晨起的时候，就不行了。弥留的时候，他念叨你，寨里的人给你打电话，一直打不通。他就留下话，要你主持他的葬礼，然后就去了。我就赶到上海来，按照你留的地址找这儿来了。"

这几天为了和王十二一道做实验，刘满贵关掉了手机，让自己不受任何干扰。谁知道，竟然会发生这样的事。

刘满贵伸手拍了拍金锁的肩，"我收拾一下，今晚我们赶飞机回去。"说完扭头看着王十二，"实验的事，等我回来再继续吧。"

说完正想带着金锁离开，王十二一把拉住了他，"我跟你一起去。"

刘满贵一愣，随即明白过来，"你要去看看实地情况？"

"对，"王十二有些兴奋，语速极快，"环境是最大的诱因，这个我们怎么就忽略了呢？你在贵州老家，那儿的环境会和你的潜意识呼应。既然我们无法在实验室里重复你的潜意识画面，那到现场去看看，说不定就能找到诱因。"

说到这里他停顿了一下，"老人家的事，我也很遗憾。我跟你去，你一心一意办丧事就可以了，我在那里看看情况，不会干扰到你。"

刘满贵没有心情细想，随意地点了点头，"我们今晚就要赶回去，你准备一下，慢慢来吧，回头我把地址留给你。"说完便拉着金锁，向着大门走去。

七公的葬礼惊动了八寨的老老少少。

葬礼那天，身穿黑衣、头戴白纱的人挤满了整个丹寨。

白天来吊唁的人络绎不绝，笙鼓不断。

到了晚上，吊脚楼冷冷清清，唯有点在堂前的长明火时而闪烁，带来一点动静。

刘满贵枯坐在火盆前，望着火苗闪烁。

他已经守在灵前三天三夜，这是孝子的礼数。七公不是刘满贵的父亲，七公的爷爷是刘满贵的太爷爷，刘满贵管七公叫堂叔，然而从血缘上说，已经隔了很远。但从刘满贵能记得事情开始，七公就是唯一的亲人，一手把他拉扯大。

活着的时候不能孝顺，人不在了，说什么都晚了。

夜风从窗棂间灌进来，吹得火苗呼呼蹿了一蹿又暗淡下来。刘满贵慌忙用手护了护火势，然后起身去关窗子。

当他重新在长明火盆前盘膝坐下，火苗显得温顺而柔和。

刘满贵抬头，七公的棺材横在堂前，棺材上方挂着遗像，满是沟壑的脸上笑意随和而亲切。

三天的忙碌让刘满贵疲惫而麻木，心里空落落的，像是失掉了魂。

此刻，夜深人静，见到七公的遗像，刘满贵突然悲从中来。忧伤像毒药般浸透了他的身子，让他感到无比酸楚，不可遏抑的战栗从心头涌起，直冲脑际。

刘满贵放声大哭。

整个寨子的人都听见了刘满贵的哭声。

王十二静悄悄地站在铜鼓广场的中央，望着哭声传来的方向。月光映在他的脸上，他若有所思。

稻田里的蛙声突然响了起来，很快，整个山坡上梯田里的青蛙都在鸣叫，此起彼落，像是在应和刘满贵的哭声。

到了出殡的日子，刘满贵抬着棺材，走了一路。自从二十年前离开丹寨，他就再也没有干过重体力活。抬棺有八个人，另外七个都是做惯了农活的汉子，一路走来，脚力仍旧强劲。刘满贵却累得够呛，最后把棺材卸在墓地的时候，摇摇晃晃，几乎虚脱。

金锁扶了他一把，把水壶递给他。

刘满贵接过来，猛喝了两口，喘了口气。不经意间，他在人群中看见了王十二。

王十二也正看着他。

在这种场合被当作研究对象似乎有些尴尬，同意王十二来丹寨考察或许是个失误，至少也该让他在葬礼结束后再来。然而，一切为了研究吧！

下葬仪式开始的土炮响了三声，红色的木棺缓缓向着墓坑降落。

刘满贵避开王十二的视线，在墓坑旁跪下，重新投入到仪式之中。

丧歌响起。

"大河，大田，冷水坝，水井冲，阿略寨，沼泽地……"一连串的地名随着一个低沉嘶哑的声音灌入了刘满贵的耳朵。这些地名耳熟能详，在每一首古歌的起首都会念上一遍。

这是七公的声音。

七公的声音从高音喇叭里传出，快速的歌词仿佛催眠的符咒。

刘满贵情不自禁地跟着那节奏念了起来，他并不熟悉丧歌，那是颂诗人到了三十岁以后才学的，但是每首古歌起首这段歌词，他再熟悉不过，这是他从小就能倒背如流的部分。

起首词念完了，忧伤的丧歌响起，刘满贵用心听着。

"魂儿上天咯，莫要迷路。尤公在天上，等你归家。锦鸡指路，公牛驾车，山回路转，悠悠晃晃。一把稻米做干粮，醇香米酒入肚肠，再唤我的亲人哟，牵挂千年万年长……"

歌词反复，他很快熟悉了旋律，跟着哼唱起来。

依稀中，刘满贵仿佛看见了三十年前，十岁的自己正站在七公面前，按照最严格的规矩背诵古歌。七公对自己抱着最殷切的期待，希望自己能继承他，做丹寨的颂诗人。

没错，在所有的年轻人中间，自己的确是最有天赋的那一个。

只要听一遍，就能跟着唱，只要唱几遍，就能背下来。

这算是天资聪颖吧。

人们开始向墓坑中填土。

刘满贵站在一旁，作为逝者的代言人，他并不填土，而只是不停地吟唱。七公让他回来，并没有房屋田产要他继承，而是要他颂诗。也许在七公心中，一切都是虚幻，只有颂诗才是真实的,才值得找一个可靠的后生继承下去。

棺木一点点被土掩埋,坑里的土越来越高,最后耸出地面,形成一个鼓鼓的坟包。

刘满贵一直站着,不停唱着丧歌,和高音喇叭里传来的七公的声音配合无间。

这像是上天注定要他做的事。

仪式结束了,刘满贵的嗓子也唱哑了。

人群散去,刘满贵也跟着下山。不经意间,他抬头看见了一旁的山道上,王十二正指挥几个人从不同的位置拍摄。

搞心理学研究弄得像拍电影一样,刘满贵心头有一丝隐隐的不满,然而也顾不上和王十二打招呼,跟着众人下山去了。

回到上海已经是两周后。

如果不是因为所领导发了消息强烈要求刘满贵回到工作岗位,他还想在丹寨再住上一段时间。七公下葬之后,他只感到心情沉闷,做什么都兴味索然。

然而生活总要继续。

刘满贵跨进研究所的大门,一个身穿蓝色大褂的工作人员走上前来打招呼,"满贵哥!"

刘满贵一愣,定睛一看,原来是金锁。

"金锁?你怎么会在这里?"

"王老师找我来的,已经一个星期了。"

"王老师?"

刘满贵不禁感到疑惑,王十二把金锁找来做什么?

"一个星期你都做啥了?"

"就是吹芦笙,王老师给我录音,说要放给你听。"

"哦。"刘满贵隐约猜到了王十二的目的。

"本来我昨天就回去了,但王老师说,你今天回来,让我见了你再走。"

刘满贵心不在焉地点点头,此刻他只想找王十二问个明白。一抬头,只见王十二正站在实验楼门口,全身上下包裹得严严实实,只露出一双眼睛。

看来王十二已经准备好了，正等着自己。

"金锁，中午我请你吃饭，你到上海干脆多留几天，我带你四处转转。"刘满贵一边向金锁交代，一边向着王十二走去。

"这一次应该能行。"王十二冲着他说。

刘满贵并不言语，径直走进了实验楼的大门。

厚重的窗帘拉上后，屋子里一片漆黑。

忽然之间，丹寨的梯田出现在刘满贵眼前。场景明亮，异常逼真，一刹那间，刘满贵仿佛正置身于丹寨，站在寨子里，居高临下，望着满山坡的梯田。

"哇!"刘满贵下意识地喊了一声。他实在没有想到，虚拟现实可以逼真到这样的程度。

"我对你的情况进行了全面分析，你的情况，应该被归类在综合情景式触发。你从小就熟悉苗语的古歌，这些歌词所描绘的情景能在你的头脑里浮现，只是要借助一些媒介才行。"王十二话音刚落，一阵熟悉的芦笙调传来。这是《欢喜调》，平日里遇上什么喜庆，苗家人就喜欢吹这个调。

"你把金锁找到上海来，就是为了这个？"

"金锁是芦笙大师。他竟然能吹奏一百多种芦笙调，一口气可以吹上一天，我这几天几乎天天都在听他吹芦笙。"

"你居然对乐器都上心了，但芦笙我们试过了啊。"

"没办法，你的这个案例实在特殊，我要把所有可能的情况都考虑进去。芦笙我们的确试过，但没试过那么多，而且我去了丹寨一趟，有种感觉，芦笙调要和古歌配合，听着特别有感觉，如果再加上特殊的情景，连我这样听不懂歌词的人都会觉得有什么东西呼之欲出。比如那天听你唱丧歌……"

"不要提丧事，忌讳。"刘满贵坚决地打断了王十二。他不想去提任何和七公有关的事。

"好。我请了国内最厉害的虚拟现实复原专家，他们的现场效果我看过，的确很厉害，可以以假乱真。我们在这个实验室里就可以模拟丹寨当地的情形了。"

"如果我知道这是假的，那它就无法引起我的共鸣了。"

"这没有关系,人的大脑中带着模式,只要要素具备,就能产生联想。况且,我要给你催眠,在催眠的效果下,你更无法分辨真假。"

刘满贵缓缓点头。催眠可以让人进入潜意识从而诱导出他们的分裂人格,虽然有一定的危险性,但为了弄清楚自己的脑子里到底在想什么,仍旧值得一试。

一对巨大的牛角出现在刘满贵眼前。

"这个牛角在丹寨到处都是,你们苗族的人可能把这个当作一种图腾一样的东西,我会给你看各种在丹寨收集到的文化符号,你只要放松,让自己处在轻松状态,让这些东西过你的眼就行。"

牛角立在柱子上,柱子立在梯田的高处,寨子的入口。

悠扬的芦笙响了起来,天空中,五彩缤纷的锦鸡飞过。

刘满贵跟着芦笙的调子唱了起来,他唱的是《锦鸡飞》。

苗家迁移到天边哟,粮食丢了种;全寨老少怎么活哟,长老发了愁。

健壮的小伙叫哥金,百发百中神猎手,姑娘聪明又美貌,她的名字叫阿瑙。

哥金打猎离不了家,阿瑙勇敢上了路,七彩缎子身上披,找不到麦种绝不回。

……

这锦鸡飞的故事,讲的是哥金和阿瑙这对夫妇为了全寨人的生存而上天边去求麦种,阿瑙历经千辛万苦,终于到了天上,找到了天神。天神把麦种给了她,然而告诉她,如果不在三天之内播种,麦种就会腐烂。无奈之下,阿瑙只得求天神把自己变为一只锦鸡,从天边飞回了丹寨。哥金打猎,正好猎杀了这只锦鸡,从锦鸡身上的彩带,他知道这是阿瑙,因此痛苦不已。而锦鸡肚子里的麦种,成为苗家人种子的来源,永远地解决了饥荒的问题。

每逢节庆,苗家的姑娘们总是穿上艳丽的盛装,在芦笙的伴奏下跳锦鸡舞,如果是正式的场合,更是要配合颂诗人完整地把整首长诗唱完,舞蹈才算告一段落。

此刻,刘满贵的眼前,身着盛装的姑娘们正围着火堆跳着欢快的锦鸡舞。五彩绸带象征锦鸡斑斓的尾羽不断招展,姑娘们模拟锦鸡的身姿,惟妙惟肖。刘满贵唱着唱着,不知不觉中,脚下已经不是黄绿夹杂的大地,而成了缥缈的云朵。他站在白云之巅,身边跳锦鸡舞的姑娘们环绕。当刘满贵突然间意识到这一点,一阵惊诧,这是进入了潜意识中吗?

跳舞的姑娘向着中央聚拢,她们每一个都长得一模一样,就像上一回见到的七姑娘。

这些姑娘们走到一起,彼此间毫无瑕疵地融在了一起,一个接着一个,最后场地里只剩一个姑娘。她笑吟吟地高举双手,身上的服饰陡然一变。原本满身银灿灿的装饰都不见了,五彩斑斓的锦鸡服舒展开,很快将人整个包裹起来。彩色的巨大包裹开始变换形态。

天空中传来一声清亮的鸟啼,那包裹变成了一只巨大的锦鸡在刘满贵头顶盘旋飞舞。

锦鸡落下,在刘满贵眼前吐出一颗颗种子。一颗接着一颗,每一颗种子落在刘满贵身前,就开始生长。绿色的植物长得飞快,很快高过了刘满贵的头顶,枝叶交错,成了一堵绿色的墙。

墙上洞开一扇门,刘满贵走了进去。

门后是一条小径,像是从前他每天上学都要走的小路。

七公站在小路旁,穿着一身黑衣,手中拿着粗大的木棍。

刘满贵走上前,在七公面前,怯生生地喊了一声:"七公!"他赫然发现,自己竟然还是二十岁的模样。

"你不要再去上学了!"七公严厉地告诉他。

"我要去。"刘满贵的回答很倔强。

木棍劈头盖脸地打了过来,落在刘满贵身上,每一下都很疼,疼到刘满贵心里。

七公一边打,一边恶狠狠地骂,"这个不听话的畜生,乡亲们省吃俭用供你上学,成了大学生就忘了本。丹寨不好,你又哪里会好！"

刘满贵忍着疼，一声不吭。外边的世界很广阔，不离开丹寨，他会后悔一辈子。

打着打着，七公的模样越来越老，身上衣物的颜色也越来越淡，手上的力气越来越轻。到最后，原本粗大的木棍成了一条若有若无的鞭子，打在刘满贵身上，完全没了力道。

七公丢掉鞭子，开始唱歌。

漫漫山路远哟，熊罴虎豹多；先人多艰难哟，修得子孙福；尤公英灵在哟，汩汩泉水流；丹寨好儿郎哟，欢声把歌唱……

这是一首《好儿郎》。刘满贵跟着唱了起来，空中传来芦笙的曲调，正和歌词相配。

七公一边唱，一边沿着山路走去。刘满贵跟着他。

走着走着，前边多了一个人，只能看见背影，但刘满贵知道那是谁，那是村子里前任族长，自己只在很小的时候见过一次，有个模糊的印象。前任族长拄着一根拐棍，但走起路来飞快，就像在飘。不一会儿，队伍的前边又多了一个人，这一次，那人身穿苗族的传统服饰，头顶上插着两根漂亮的尾羽，吹着芦笙。那人的模样竟然和金锁有几分相似，然而刘满贵知道他是五十前的一个芦笙大师，叫颂噶。颂噶大师吹着芦笙，也是《好儿郎》的调子。锦鸡飞来，绕着颂噶大师飞舞。再走几步，两个年轻人出现在队伍前边，一个手中握着弓、搭着箭，另一个则扛着火枪、挎着苗刀，那是一段占山为王的日子，纷乱的民国时代，苗家的两个英雄，多扎贡和多金卢……队伍越来越长，到后来，发现了七口泉眼的阿宽带着他的黄狗来了，哥金来了，阿瑙来了，七姑娘也来了……最后竟然来了上百人，仅容一人通行的小道上显得分外拥挤，一行人排成了一条长龙，沿着弯弯曲曲的小道向前。

刘满贵走在队伍的末尾。

这是先人的队伍，不管是传说，还是确有其事，他们都是丹寨的先人。

跟着先人的队伍,踏在一条不知通往何方的小路上,刘满贵心头充满喜悦。这像是一条朝圣之路。

小路的尽头是一个巨大的铜鼓,鼓上浇筑着太阳和凤鸟的图案。铜鼓高十多米,直径也有十多米。铜鼓下,是一扇高过两米的门。大门的两端,各有一对牛角,镶嵌在两条门柱上。

队伍从门柱间通过,进入了铜鼓里边。

天地一片昏暗,只有中央点着一团篝火。风呼呼地吹,篝火燃得更旺。

人们四下散开,围着火堆唱歌跳舞。

火光熊熊,在半空中形成一个巨大的光球。咚咚咚,低沉的鼓点充斥着众人的耳朵。

随着鼓点,一个人形从光球中浮现出来,他的身材异常高大,像是一个顶天立地的巨人。巨人左手持剑,右手持刀,光着上半身,一块块肌肉有如铁石,看上去异常勇武。特别引人注目的是他的头。他戴着一个牛头面具,一对巨角高耸,和寨子里图腾柱上的牛角一模一样。

跳舞的人群伏身跪下，纷纷拜倒。

这是尤公，尤公祭天的时候，就会变身成这种牛头人身的形象。

刘满贵也跟着众人拜倒，牛头人似乎被铁链捆缚，动弹不得。它发出一声嘶吼，吼声低沉，动人心魄。

吼声中，红色的火焰暗淡下去，身边的先人们也一个接一个消失不见。当火光最后熄灭，牛头人身的尤公也消失在黑暗之中。

刘满贵在黑暗中匍匐着。

七公突然出现在他身旁，瘦小的身子蜷缩着，躺在地上，显得异常苍老，气若游丝。黑暗中没有光，七公的身子却很醒目。

"阿满！"七公喊他。

刘满贵转身，跪在七公身前。

"阿满啊，不是不让你走，但是你走了，寨子怎么办？这颂诗人，总得找人传下去。"

"七公,阿满明白。"刘满贵恭敬地回答。

"你啊,终究是不明白。但我也看明白了,这诗,渐渐也没人唱了,外边的日子好啊,出地寨子都不要了,唱诗又有什么用呢?"七公叹了口气。

刘满贵不禁有几分凄然。

外边的世界变化得太快,山沟里的苗家远远地落在后边,当眼界打开,找到机会的年轻人总会走出去,留下的老人逐渐凋零,传统也就失去了继承者。

"泉水清清哟,梯田层层灌满哟,又是一年好光景哟,丹寨儿女耕织忙……"

七公扯着嗓子唱了起来。

歌声中,七公的身子逐渐变得透明,最后消失不见。

世界仍旧一片黑暗,只有七公的歌声在回响。

刘满贵跪坐在黑暗之中,满心凄凉。

"满贵师兄!"

他听见了王十二的喊声。

实验结束了,无疑这是一次成功的实验。

他缓缓睁开眼睛。

"你的脑波很活跃,和进入深度睡眠的脑波特征相似,这一次,你肯定进入了幻觉中。"王十二的声音带着一丝压抑的兴奋。

刘满贵像是仍旧沉浸在梦境中,目光呆滞。这和梦境很像,然而做梦醒来就会忘掉,这样的经历却绝对忘不掉,沉淀在了记忆里。梦境和现实,变得有些混杂不清了。

对一个要保持清醒的人,这不是什么好事。

"满贵师兄!"王十二注意到刘满贵的异常,不无关切地问。

"刚才最后是放了七公的录音吗?"刘满贵悠悠地问。

"一直在放。"

"最后的颂诗,再给我听听。"

七公唱的《思涌泉》在实验室里回响,刘满贵和着那调子,打着节拍。

金锁悄悄地走进来，吹起了芦笙。

刘满贵唱了起来，原本愁苦的脸渐渐舒展，露出一丝微笑。

"这是六婆婆，你要叫太婆。"刘满贵对儿子说。

"太婆！"刘子裕毕恭毕敬地喊了一声。

六婆婆欣喜地看着眼前的后生，高大健壮，彬彬有礼，"真是好后生啊！这身板……啧啧啧。这回来住几天啊？"

"已经来了有几天了，今天送他走。"

"啊！"六婆婆惊讶地叫了一声，"都已经来了几天了？这屋前屋后的，都没见到人啊。"

"他不习惯住寨子，在县城住。"

"哦。我们这吊脚楼啊，可讲究了，冬暖夏凉……"六婆婆如数家珍般开始唠嗑。毕竟六婆婆上了年纪，说的话又是土语，刘子裕十句里听不懂的有八句，只得顺着她的话不断点头。

刘满贵看出了儿子的窘迫，帮他解了围，"六婆婆，孩子要赶飞机,我先送他走,回来再接你上铜鼓广场,今天有集市呢。"

从六婆婆家出来,刘满贵又带着儿子在寨子里转了几户人家,最后来到了廊道。

这条廊道是刘满贵建的,足足花了有三年的工夫。三十多米的长廊,依山而建,靠山的一边都是木雕画,画上记载着苗家千百年来的各种传说,向着山谷的一边风景绝佳,已经成了丹寨最著名的观景点。

金锁在这里等着,见到刘满贵,迎了上来,"满贵哥!"

"金锁叔!"刘子裕恭敬地叫了一声。

"金锁,咱们今天给孩子唱首诗。他要去美国留学,该看的总该看看。"

金锁举着芦笙,"我这都准备好了,唱哪一首?"

"就唱《送儿郎》吧,应景!"

芦笙的曲调响了起来,刘满贵清了清嗓子。

丹寨的儿郎要远行，八寨的乡亲听我唱，
他乡的山水千千万，丹寨的泉水清又长，
儿郎此去远家乡，父母在垄上驻足望……

刘满贵中气十足，整个山谷似乎都能听见他的歌声。刘子裕认真地听着，和着节奏不住点头。

歌唱完了，刘满贵送儿子上了车。

"下周要举行'祭尤节'，我就没法在上海送你了。去了那边，自己要照顾自己。"

"爸，你放心吧！"

白色的车子消失在山路的拐弯处。

刘满贵收回自己的目光。不知道儿子究竟会怎么理解自己今天的举动，他也没有问。

有些事，问了也没有用。每一个人，都会有属于自己的世界吧，也许要到四十岁才能发现，也许一辈子都找不到。孩子的事，不能强求。

刘满贵在廊道里坐下，望着群山环抱之中的丹寨。

十年前他回乡探亲的时候，从没想过自己会在这里一住十年。

或许自己的后半辈子都会守在这里。

雾气蒸腾，笼在梯田上，寨子仿佛飘浮在云雾之中，有如仙境。

山谷醒了，正吐出一口呼吸。

刘满贵闭上眼睛，做了一个深呼吸。

# 末世

## 张冉

张冉,中国新生代科幻作家代表,科学与幻想成长基金发起人。2012年开始创作科幻小说,为第二十四、二十五、二十六及二十七届银河奖得主,第四、五、六、七届星云奖得主。主要作品有《以太》《起风之城》《大饥之年》《晋阳三尺雪》《太阳坠落之时》。

标题是"未出现且有可能出现的"世界，不是末世哦。出于种种原因，已经两三年没有写作科幻了，感谢老牌文学杂志《天涯》的约稿。这篇杂集灵感来自三明治 X 微像科幻创作班的全体学员，我作为导师在点评学员作业时，想着"如果是自己来写会写成什么样子"，于是就挑选一些主题作了几篇小文，谢谢学员，谢谢读者。还有，谢谢大家还记得我。

## 琴　童

十二岁，怎么看都还是个娃娃，别说做个够格的弦师，光背起板胡的样子就叫人发笑，琴童把背带紧紧挽着，走起路来，琴箱啪嗒啪嗒拍打屁股。

他不觉得丢人。师父走得早，传给他吃饭的本事和这把用了四十年的胡琴。梆子戏他会那么十来出，嗓子没倒仓，尖，唱男角儿不好听，可拉起琴来毫不含糊，最得意是《打金枝》《灵堂计》《茶瓶计》几出大戏，虽然没合过锣鼓家伙，但自己踩着点儿，弦子一响，尺寸、松紧、高矮都在心里头，师父当年夸说火候真足，天生是吃这碗饭的命。

可找不着演员跟他合弦。

琴童独个儿走着，路又长又直，长满了草，遇上个大裂缝，他小跑两步跳过去，板胡"啪"地拍在屁股上，他回过头，看是不是师父又活了。

天色还亮着,他绷紧竹弓,调调弦子拉起来,唱:

十余载离故里归心似箭,跨上了千里马一直正南。不怕它荒草地风沙扑面,心有事我只管快马加鞭。

唱两段《三关排宴》,走到一个镇子,琴童背好板胡,拍打裤子上的灰尘,抹净路边车子的后视镜照照自己,用手指把头发往后耙,向前走,继续唱:

穿云峰过雪岭山高路远。(白)老伯母!且喜得今日里得见慈颜。

正巧瞧见旁边商店玻璃门后面有个小姑娘在看着他,琴童忍不住噗嗤笑了。他停下脚步,隔着脏兮兮的玻璃跟小姑娘对视,吃不准是他年纪大点,还是对方年纪大些,终于还是客气着:姐姐,可有大人在家?

女孩没说话，若不是嘴里嘟嘟哝哝，就像个橱窗里的模特娃娃。

琴童鞠了一躬：俺是上党梆子戏班拉弦子的，如今孤身一个儿，凭本事换口饭吃，要没有大人在家，俺进去取点吃的，唱段戏给你听可好？

女孩不说话。

琴童说：可好。

他推开门进去，取了点罐头和水出来，隔着玻璃，拣《酒楼洞房》里文雅的句子给女孩唱：

凭窗望姑苏城远山关隘，金风吹枫叶红霜打不衰。

见女孩盯着他的板胡，就笑说：这叫椰子胡，是我的宝贝，四十年前俺师傅找老椰子和泡桐木做的箱子，请老师傅配的檀木把儿，两根老弦用的苏州虎丘蚕丝弦。说完，再鞠一躬：俺走呀，天快夜了。

胡琴啪嗒啪嗒拍屁股，娃娃琴师离开镇子，在又长又直的路上走着,天黑之前,他得在野地里找个宿头。

这世上还有没有人听上党梆子?他不知道。世上除了他还有没有活人?他更不知道。病毒蔓延第三年,站着的成了吃人的鬼,躺下的成了鬼的粮食,师父临死前让他走得远远的,一直往南走。南边有活路?或者往南走能回家?师父没来得及说,此后也没人告诉他。或许戏文说得有道理吧。

他定好弦,唱:

不怕它荒草地风沙扑面,心有事我只管快马加鞭。穿云峰过雪岭山高路远。

啪嗒啪嗒,琴童走远了。

## 孤　铁

对太阳系的探查进行得颇不顺利。探测器掠过红色星球之后不久，蓝色星球进入视野，生命计量表的指针依然停留在0刻度，科学家用力拍打计量表的外壳，红色指针左右摆动，然后缓慢而顽强地回归原位。

此前猜测可能存在生命的两颗行星都是无主之地，这让科学家非常失望。他关掉通讯器，进入长达12个时间单位的漫长缄默。在这段时间中，他在红色与蓝色星球之间进行8字绕行，试图寻找文明存在过的痕迹，悲伤不断撕扯着他的灵魂，因为孤独是生命最大的敌人，他即将在绝望中爆裂，将体内芽孢释放出来，以一个吵闹群体的方式延续生命。

就在此时，计量表指针微微摆动起来，科学家用力盯着老旧的仪器，试图确认自己看到的是神迹，而不是某种幻觉。当探测器再一次从蓝色星球上空掠过，指针再次偏离中心线，科学家欣喜若狂地降低探测器高度，飞船的轨道愈接近星球表面，计量表就愈加活跃，直至指针停留在刻度1。

科学家俯瞰这颗星球。无论从哪个角度观察，这都是颗丑陋畸形的星体：它的一端浸泡在蓝色液体中，呈现光滑的曲线；

而另一端是灰黑色岩石构成的瘤状物，隆起部分最高点刺穿大气层，孤悬于太空中，由于太阳风侵蚀与小行星撞击，表面布满酥脆的坑洞。隆起部分倾斜于自转轴，重心偏移使这颗行星的自旋完全失衡，在太阳引力和内部应力的拉扯下，它摇摇晃晃的公转曲线必将指向太阳。——蓝色星球死期已近。

根据仪器指引，科学家悬停在瘤状物尖端，他看到的是陨石坑当中矗立的小小山体，一座色泽、质地、结构与石质肿瘤完全不同的奇异山峰。山峰之下，科学家找到了那个研究对象，探测器曾经造访的279个星系当中唯一的生命体。

"你好，伙伴。"

孤独的生命体正在搬动一块岩石。它用前肢将岩石举起，后肢攀附于山体表面，在低重力环境下谨慎地移动着。当科学家用长波、激光和重粒子束发去信号，生命体并未表现出惊诧，它抬起头部，遥望探测器伤痕累累的外壳。

科学家收到了短波信号承载的回答。花了一点时间学习对方的语言：基于原始语义结构的低级语素语言，这在硅基生命中相当罕见。

"你好，我是 AHCZbj-033。"

生命体低下头继续自己的工作。它正在用石块修补山峰的一处凹陷。在科学家看来，它修理的速度尚且比不过山峰在低轨道太空垃圾中受创的速度，但生命体看似对效率并不在意。科学家受挫于对方的冷漠，然而依然在信号中加入热情洋溢的波动。

"相聚多可贵，是吧？这么多太阳，大家却这么孤单。"

生命体这次没有停下脚步。

"你好。"

"我没有名字，我的职业是宇宙生命学家，在整整 4000 个时间单位里，我一直在寻找银河系猎户座旋臂的生命，以及生命起源及消亡的奥秘。很遗憾，我一无所获。用（你们的）语言很难表达我的喜悦之情，如果不打扰的话，我想听你谈论这颗星球文明的故事，如果你允许的话，我会打开通讯器，向所有伙伴直播这次宝贵的会面。"

"我不明白你的话。"

"我是说，有关你或你们的族群如何诞生的故事，以46亿年（我们的1200万时间单位）的漫长历史来看，你一定有许多故事可以说。比如，随着地质和气候变化，从液态金属池中燃起的硅基生命火种……"

"下面为您播放气象预报。安徽省滁州市琅琊山风景区未来二十四小时的天气是……"

生命体再次停下脚步做出回答，接着沉默片刻。

"对不起，无法连接气象服务器。"

它的语气并没有道歉的意思。

科学家有点苦恼。他尝试多种对话方式，生命体只给予这种缺乏逻辑的简短回答。他打开通讯器，向伙伴们播放眼前的画面，赞美声过后，大家一致认为眼前的蓝星生命缺乏沟通的欲望，出于对对方文化信仰的尊重，这场对话应当尽快结束。

孤独感在科学家体内膨胀。他反复思索，接着问了三个问题：

"AHCZbj-033，我们身在何处？"

"请问这座山峰有名字吗？"

"能否允许我探查这颗星球的历史，以绝对匿名及非商业研究的方式？"

生命体不假思索地做出回应：

"这里的坐标是南纬 N32° 16′ 52.96″，西经 W71° 82′ 85.47″，阿根廷圣大非省圣赫罗尼莫县科隆达镇。"

"琅琊山，位于安徽省滁州市西南约 5 公里、现滁州市的西郊。主峰小丰山，海拔 317 米，总面积 240 平方公里。'环滁皆山也，其西南诸峰，林壑优美，望之蔚然而深秀者，琅琊也。'琅琊山以其山水之美，更因有千古名篇《醉翁亭记》和琅琊寺、醉翁亭等名胜古迹而传誉古今。始建于唐代大历六年（771 年）的琅琊寺，至今已 1200 余年。建于宋代庆历六年（1046 年）的醉翁亭，至今已 900 多年……"

抛出一番 4402 个字节的长篇大论后，针对第三个问题，生命体简短回复：

"对不起，无法连接历史百科服务器。"

这时科学家关掉通讯器，主动将这个答案理解为"允许"。

他拉起互射感应器手柄，向远方的自动应答机发去信号，根据自折叠算法，他与这台互射自动应答机之间的相对距离为46亿光年，随着叠加空间层数的削薄，相对距离会不断减少。不久之后，应答机传来了46亿年之前蓝色星球刚刚凝结时发出的引力波数据，并随时间拉近，直至此时此刻。这些引力波数据中埋藏着这颗星球的全部历史。

科学家转动手柄，数据化为可视模型在不住翻页的屏幕上出现，从一团被灼热熔融物质包围的铁镍核心开始，到地表凝固收缩形成高山与低谷、释放出气体形成大气层，直至冷却后的星球被太阳捕获，在阳光照耀下，原始蛋白质以原核生物的形态蓬勃繁育起来。

翻页屏幕定格于一只碧绿的蓝藻，科学家困惑地盯着碳基生物的雏形，缓缓转动手柄。

稳定的自转与公转使陆地凝聚，接着一颗流浪的小行星被蓝色星球俘获成为卫星，磁极移动，潮汐产生。在飞速向前的时间里，巨型彗星撞击地表化为生命大爆炸的第一响礼炮，水填满山谷，气凝成天空，海洋中生物彼此吞噬、幻灭，首先踏足陆地的先行者向着冥冥中的观察者抬起头颅。

接着科学家的手只轻轻转动四分之一圈，一颗如蓝宝石般璀璨的星球出现在眼前，直立行走的猿猴后裔劈开山峦建立城市，将生命撒向大洋每个角落，第一枚火箭艰难地离开大气层，下一瞬间就有飞行器越过柯博伊带飞往深空，蓝色星球像朵成熟的蒲公英，向周围散布着小小的飞行物体，红色星球很快出现蓝色的霉斑。

突然间，碳基生物的历史终结了，蓝色星球化为如今的模样，拖着残破的身体在轨道上漂浮，科学家不得不倒回一段历史，放大画面，仔细寻找那个决定性的刹那。借助生命计量表的帮助，他找到了某个凝固时间里、那座名为琅琊山的山峰下面、星球唯一幸存者 AHCZbj-033 的身影。

那个时刻，生命体正进行着维护山体的工作，与现在别无二致，只是那时它看起来年轻很多，而山，也雄壮很多。它居住在一个金属制成的蛋形房间内（也可能是它的外甲壳），通过阳光获取能量，它有很多同类，可彼此之间并无交流。它的工作也包括向碳基生物介绍琅琊山的基本常识，两类生物大致处于共生状态。

接着，一颗体积极小但质量极大的彗星高速击中琅琊山。彗星几乎不受阻碍地击穿蓝色星球，带着地核的铁镍元素从星球另一侧喷出，消失于茫茫太空中，重元素喷流形成了30000公里高的金属尖刺，接着被引力弯曲折断，一部分坠回地面，一部分碎片在轨道中慢慢冷却。地表在沸腾，红热的液态硅酸盐从创口涌出，堆积成1000千米高的瘤状物，海洋蒸发，下起一场灼热的雨。

很久之后，大雨停歇。蓝色星球丢失了二十分之一的质量，水填满了彗星射入所形成的4000千米半径大坑，使得半个星球呈现湛蓝的球面，而射出点则隆起硅、铁、铝氧化物构成的巨瘤。

又是很久之后，瘤状物顶端最大的一块岩石脱离母体坠落地面，断面中露出小小的金属外壳。AHCZbj-033 离开居所，并没有因为环境变化而感到迷茫，或者思考自己幸存的原因（碳基生物或许将之称为莱顿弗罗斯特效应，剧烈蒸发的气体极端巧合地形成保护膜），它在短暂适应低重力环境之后，开始在瘤状物表面建造新的山体。与曾被称为中国安徽省滁州市的地点相对，相隔整个地球厚度的另一侧，是阿根廷圣大非省圣赫罗尼莫县，然而这两个地名对 AHCZbj-033 来说没什么意义。它的出发点非常简单：

工作的场所不见了，需要造一个出来。

琅琊山不见了，就造一座琅琊山吧。

科学家长久地沉默着。他知道蓝色星球终将毁灭，而生命体的寿命远支持不到那一天，但他尊重这位新朋友的选择。对他的族群来说，生命始于及终于彼此的联系，而蓝色星球最后的生命体则拥有更无意义但更加坚定的目标。

他敬重地用稳定的短波发出临别问候：

"我要去寻找其他生命了,那么,再见。祝你不孤独。"

"再见,欢迎您再次光临。"

生命体用锈迹斑斑的上肢拍打一块岩石,试图把它嵌在山体的缝隙中,它向探测器的方向转过头来,用破碎的显示屏致以七种颜色的问候。

科学家驾驶探测器离开琅琊山,离开蓝色星球,离开太阳系。在两颗恒星之间的漫长黑暗里,他孤单的心爆裂了,身体化为40枚芽孢和它们赖以生长的有机质。在到达下一个星系之前,它们会成长为一个喜爱彼此交流的群体,在吵闹当中各自找到生命的意义,接着因为无法忍受共处,像蒲公英一样四散于宇宙中,各自寻找新的交流对象。

生命是短暂的聚会和无尽的孤独。

在神智消逝前,科学家非常羡慕那位能够享受独处的伙伴,他希望自己的托生族群中,有谁能够得到这种无上的超脱。

当然,分别之后的事情,AHCZbj-033 不会知情,也不会在乎。

因为安徽滁州保洁-033号机器人拥有自己的生命哲学。

## 灯　船

灯笼河，河笼灯
手头纸，天上星
一摇一晃到龙宫。

我们从小唱着这样的童谣。

每年农历正月三十的傍晚，全镇的小孩子会来到灯笼河边，把红色的对联纸叠成小船，放上神案上烧剩的蜡烛头，望着西方，等太阳从三岔裆最低的那座山头落下。天黑之后，我们点燃蜡烛，把纸船放进灯笼河，目送船儿在水波中一摇一晃，消失在晨昏交错的山影中。

人们说最晚沉没的那艘纸船，会载着人世间的烟火气到达龙宫，让龙王保佑镇子来年的丰饶与安宁。灯笼河是这片山区唯一冬季不结冰的河流，传说中它一路流向东海，日夜不停。

而我从没有为镇子祈祷，我点燃烛光的时候只想着一个名字：海青。

我和海青最要好的时候，他穿着开裆裤漫山遍野乱跑，我光着屁股在后面狂奔。后来长大一点，发觉男女有别，我只能远远瞧着他铡草、喂牛、编花环，坐在草垛上装腔作势抽着小卖部里散卖的香烟。再后来，他们四个人去灯笼河玩水，三个人惊慌失措地跑回家，海青消失在幽深的河水里，留在世上的所有痕迹只剩岸边一只湿漉漉的拖鞋。

人们说龙王喜爱这个镇子，那海青一定在龙宫做客，玩得开心，忘了时间。我在纸船上写下思念他的话，每年给他寄去，可他从没回信。

二十岁那年我离开灯笼镇，在城市的床上做梦，还经常能见到冬季雪原里流淌的灯笼河。

我在港口城市的大学工作，成为一位生态人类学家，你知道那些年地球各地发现异人类的消息，我导师的研究方向是太平洋深处的海人，那些开始与人类接触，但从不露出面容和真实意图的奇异生物。

直至那天，海人的奇异船只在中国舟山登陆，用古老的旗语告诉人类：我们开始对话吧。

导师带着我飞速赶到现场，在人潮之中，聚光灯下，金属与珊瑚的平台上站着海青，十二岁那年从我生活中消失的海青，穿着厚重鱼鳞外壳的海青，海人的外交官和唯一代言人海青。

他用我熟悉的声音说着陌生的话：海人来自海底，在百万年前选择了与智人完全相反的生存之路，此刻，海人相信平等对话的时机到来了，因为地球即将面临危机，来自地幔深处、古登堡不连续面的液态潮汐异常升高，史无前例的地壳变动将摧毁整个地球生态圈，此时所有人类的亚种必须抛弃恐惧与戒备，开始合作。

生活一下子变得混乱而忙碌。一个偶然的机会，我终于单独见到海人外交官，拥有五分钟独处的时间，我压抑着所有的回忆与冲动，用家乡话问了他一个问题：海青，你还记得我送你的拖鞋吗？

他沉入灯笼河时穿的那双蓝白色拖鞋，是我送给他的，他留下的那只鞋，我一直收在衣箱深处。

他沉默了片刻，用清亮的眼睛望着我，用与外表并不符合的成熟语气说：对不起，我无法挽回脑死亡者的记忆，这只是一具适合陆地和海洋的身体。是海人的"外壳"。

两个月后，我回到了灯笼镇。

正月三十的傍晚，灯笼河边的雪地没有一个脚印，镇子已经疏散，我点起今年今日唯一一盏烛火，把纸船放入水中。河水缓缓流向东海。我关心人类的未来，可我太庸俗，又渺小，没法思考那么宏大的命题，我所能想到再与海青相会的唯一方法，是亲身到达传说中的龙宫。

为外交官，那还是生存吗？

可如果只能活在懊悔里，又算什么人生呢。

我抱紧那只鞋，走入水中。

## 视　界

屏幕上出现穿正装的老人，白发梳得一丝不苟，面对镜头，他似乎有点紧张。

"我叫张沐阳。"他清清嗓子，"这是我的临终遗言。"

"脑神经学科学家，七十四岁，死于胰腺癌。我后半生在大学建立脑神经科学实验室，致力于大脑与意识关联性的系统研究，而我的前半生，止于22岁发生的车祸。"

他下意识地看了一眼左侧。

"22岁大学毕业那年，我与刘亦雪定下婚约，准备在国内结婚，然后共赴美国约翰霍普金斯大学继续学业。11月7日，我们乘坐的出租车与对向驶来的公交车迎面相撞，刘亦雪当场死亡，我只受轻伤。

"我不想用情绪化的语言描述此事，总之，这场车祸改变了我的人生观。

"为了尽可能获得资历与资源,我在处理完刘亦雪的丧事之后如约赴美进修,29岁时取得约翰霍普金斯大学博士学位,博士论文《大脑的'观界'构成及驯化》获得国际脑研究组织凯默里基金会 IBRO-Kemali 国际奖。

"我回到中国,得到这所顶尖大学的职位,建立并领导脑神经科学实验室,拥有丰厚的课题资金和人力资源。

"截至今天,实验室发布的所有研究成果,都只是我真正课题之外的衍生产物,我所进行的试验性工作是绝对保密的,即使对实验室中的助手与研究员。"

老人端起水杯,润了润干裂的嘴唇。

"我想与你们讨论人的本质。

"此前我们认为记忆是人的决定性因素,它标记了人类个体的经验、属性与社会位置,但如今我们知道对于纯粹的自我意识来说,记忆并非关键性因素,'自我感知'可以脱离记忆孤立存在。

"对一位严重失忆症患者的观察指出,一个人可以在失去绝大多数情景记忆、习得性技能甚至肌肉记忆的情况下，保留对自我的清晰认识，他忘掉了如何进食、说话、走路，而行为模式明显是由自我感知驱使的探索过程，他在试着重新认识世界，即使新获取的知识也只能存在短暂的数十秒。

"由数百亿个神经元组成的大脑是我们能想象的所有复杂结构中最复杂的一个。在逐渐认识大脑工作模式的过程中，我们发现许多应当属于高级意识的功能，其实是由神经元结构决定的，或者说，是大脑的自动化过程。

"对不起，这并非课堂。我会尽量简单地说明你们即将看到的装置。"

老人再次看向左侧。

"自我意识如何获得有关世界的认知？人体器官接收到来自外界的信息，化为神经电信号通过递质向大脑相应区域传递，初级加工皮层对其进行处理，意识所感知的外部世界，是经过脑神经自动加工、补充、整合之后形成的虚像，它并非外部世界的真实模样。无关哲学，假设外部世界有客观模样存在。

"例如，视锥细胞的排列缺陷使得人类视觉有变化视盲与不注意视盲存在，但日常生活中我们不会意识到视觉盲区，因为意识感知的是视觉联合区加工过的连续画面。

"想象一个小人，那是人类的意识，他坐在你的头颅之内，通过屏幕、喇叭、震动传感器获取有关外部世界的一切知识。

"有关纯粹主观意识的随机性思考与行为，暂且不作讨论；我思考的是能否通过大脑本身的自动化流程向意识输入无限接近真实的信息，从而完成对意识的'驯化'。

"与VR技术或脑机接口不同，这是方法简单，但主旨有关意识本源产生的试验。

"从两只幼鼠开始。尽管并非同一母体后代，生活在不同的环境中，但我限制它们的行为能力，将调制解调后的信号传给它们的对应脑神经元，简单模拟了生存环境和日常行为。对了，我把这种环境称为'视界'，这种实验叫做'驯化'，正如我的博士论文所述。

"关键在于，虚拟环境中每当出现需要判断的场合，会有一个电信号传递给额叶的特定区域,你们知道,有关额叶的区域性研究是我实验室最主要的成果。这个信号,会影响小鼠对于特定问题的好恶,使其倾向于做出某一选择。

"三个月之后,两只小鼠回归铁笼,迷宫实验验证了我的猜想:它们的意识是趋同的,在几乎所有问题上做出相同判断,可以说,两只小鼠尽管从遗传学上并无关联,但可以看作是95%以上相似的同一个体。

"当然,放归自然环境之后不久,它们的行为开始出现分歧,但那并不重要。

"我将实验对象拓展到狗与黑猩猩,均获得成功。"

说到这里老人显得有些疲倦,他喝干杯中水,休息了三十秒。

"22年前,我通过某种渠道得到功能完好的婴儿大脑,将它装置在无菌液中,为其设立生存环境及知觉环境。欺骗大脑是件困难的事情,尤其是塑造'自身'这一关键性意象,在当时的技术条件下,我的'视界'使用了部分克隆器官,兼用VR技术,整个装置处在五轴联动平台上,可以精确模拟重力、加减速度及离心力。内耳前庭是个很麻烦的器官。

"实验一旦开始,我无法得知大脑中意识是否按我想象的方向发展,只能寄望于自己一生积累的经验与学识。

"我搜集到刘亦雪所有的数字资料,采集她成长过程所有的事件、人物和场景,尽可能还原她的一生。最终的数据模型如此庞大,我花费大量资金购买云计算服务,没想到,演算生活中的每一件小事,竟然成了整个计划最难实现的部分。

"五年前,在得知自己患上晚期癌症之时,我要求医生使用所有能延续生命的手段,再痛苦也能接受,就为等到今天。

"11月7日,就是今天。

"今天的她不会死于车祸,因为我的数据库中没有今天之后的数据。用22年所驯化的大脑将从今天开始成为刘亦雪,在我的实验室中醒来。

"请你们照顾好她。

"我没有时间准备好一具克隆身体,但她本身也是一位脑神经科学家,她会理解这一切的。"

老人的脸上终于出现一丝微笑。

"你会理解这一切的。

"杯中的药物会让我死去,但我们会用另一种方式相逢。

"并非在'视界'中,而是在真实的世界。

"真实世界是真实的吗?抑或是我们脑子里的小人看到的另一层幻象?不,此刻我不关心脑科学,我只关心你。所以我选择了这条或许离经叛道的道路。

"我是个无趣的科学家,感谢你接受我的一切,那么,再见。"

老人用最后的力气将摄像头转向右侧,躺倒在椅上,慢慢垂下头颅。

实验室中,五轴工业平台上,编号 1/2 的玻璃罐内,浸泡在液体中的大脑连接着无数导线,导线通往悬浮在周围的眼球、耳蜗、鼻腔等孤立器官,这些器官刚刚从 VR 设备中脱离。没有眼皮和眼轮匝肌存在,眼球没有其他选择,只能眼睁睁看着一切发生。

实验室外，几层楼之上，铺满金黄色银杏叶的北方秋天里，学生们打着呵欠走向教室。这个世界正在醒来。

## 残　钢

逆熵时代的第二个千年，铁元素已经随量子反隧穿效应消失了九个多世纪，只在某种神恩的眷顾下暂存于血红蛋白当中，锰铬合金支撑起苟延残喘的人类文明，直至金属制品逐渐失去光泽，锰原子核化为光子和轻子悄悄湮灭，权宜之计也到了崩溃的边缘。

人们不得不用铜镍合金铸成大型金属构件，尽量弥补力学强度下降带来的副作用，铁塔、铁桥、钢梁、钢轨变成铜塔、铜桥、铜梁、铜轨，经过磷化处理的白铜有着迷人的银色光泽，无可否认的是，这个世界变得更优雅了些，这给忧心忡忡的人类社会带来些许安慰。

但根据比结合能排列，镍和铬的消失也在倒计时当中。这个时代，每个孩子都会背诵元素结合能表，计算铝导线替代铜导线所损失的载流能力，复述镁热还原联合法制备海绵钛的工艺流程。这个时代，石油化工重新成为尖端行业，人们愈来愈多使用高分子聚合物制造的物品，从刀叉、农具到汽车、飞机，中等质量元素成为收藏家手中的珍宝，一只妥善保管在妥氏电场中的锰铬合金螺栓能在苏富比拍出百万欧元的高价，人人都知道妥氏电场只能短暂延缓元素的湮灭，但亲眼见证最晚的樱花凋谢，正是拍卖场中疯狂竞价的日本人的审美情结。

箱子想成为一名收藏家，缘由并非体内八分之一的日本血统，而是童年时的一次偶然事件。那时地球正在经历锰铬合金的湮灭大潮，倒塌的大楼、奔忙的人群、远方燃烧的城市剪影组成一副并不美妙的立体画卷，没有人顾得上照看一名十岁男孩。箱子独自离开安置棚区，走过因停电而漆黑的道路，被一丝光亮吸引，走进那栋大楼。

平常戒备森严的展厅此刻空无一人，应急灯照出玻璃匣子中的展品:由大规模妥氏电场所保护的铁元素制品,国立博物馆最珍贵的展品之一。

箱子走过去,隔着防弹玻璃,望着那只银白色钢环,"编号028谐波减速机轴承,材质GCr15,2079年产",他念着,忽然感到一阵战栗。钢铁制成的柔性轴承,最坚硬和最柔软的结合,来自已经灭绝的古老元素。

他用手捂住裤裆,湿痕缓缓洇开。

他爱上了这只钢铁轴承。

在成长为一位平庸的电解铝厂工人之前,他多次来到国立博物馆,在妥氏电场嗡嗡的运转声中,遥望五百米外的钢铁轴承。他渴望接近那只轴承,可博物馆宣称近年来每年的铁元素湮灭超过1%,必须增强妥氏电场的功率,不久之后,轴承永久退出展览行列,深藏于地下仓库中。

箱子本以为自己童年的迷恋只是心智发育不全而已,但当他看到一则电视新闻,熟悉的冲动再次掀翻了他的理智。巴西里约热内卢的一次非正式拍卖会上,出现了货真价实的钢铁制品，看到那熟悉的光泽和形制，箱子立刻知道那正是编号028谐波减速机轴承的同源物品，来自第一个千年"黑铁时代"某件机械上的部件。"等截面薄壁轴承，产于2070—2090年之间。"

他立刻辞去工作，带着退职金飞往巴西，辗转见到铁器的新主人，靠微薄的积蓄当然无法买下这件珍品，但箱子恋物的疯狂热情感染了那位通信业大亨。大亨在余生中不止一次对别人说："人类文明还剩一千多年时间，我是说，逆熵时代是一次审判。我曾经失去信念，直到那位年轻人跪倒在我脚下，恳求用一生工作换取触摸那只轴承的机会。那一刻我知道，造物主对造物的感情，依然能在纪元后延续。"

箱子不止触摸到轴承，还亲吻了它。钢铁的腥甜从舌尖传至尾椎，箱子再次高潮了，童年以来最强烈的一次高潮，他几乎在幸福中死去。

大亨赋予箱子动用信托基金的权力，箱子以惊人的判断力辗转于各大拍卖场，不断填充大亨的收藏，他能从上千件赝品中一眼看出真正的钢铁制品，比质谱仪还要准确。几年时间里，他陆续得到了近百件同源零件，分别加以编号，保管在大亨位于玻利维亚的妥氏电场仓库中。

一次巡视中，大亨望着整齐排列的钢铁零件说："我知道这是什么了。"

"我早就知道。"箱子回答。

他找到尘封九个世纪的技术资料，招募专家制造缺失的部件，甚至想方设法复刻了关键芯片，刷入原始固件。漫长的拼装和调试之后，专家反馈说除了某个轴承零件之外，其他功能均可实现，可以试机启动了。

箱子知道最后一块拼图，就是编号 028 谐波减速机轴承。

为此他不惜与大亨决裂，动用所有手段取得祖国国立博物馆的珍贵藏品。在博物馆的地下仓库中，028 号轴承完美地嵌入机体，箱子亲手完成最后组装，退后两步，用颤抖的手指按下启动按钮。

此刻的他是一枚注满液体燃料的火箭，他毕生燃烧的热情，他所有夜里的绮梦，他刻入骨髓的爱和他魂飞天外的臆想，他的唯一去向是射向太空。

尽管铁元素湮灭过半，028号轴承还是完美地完成任务，在减速电机的丝丝声响中，钢铁机器人缓缓抬起头颅。

在机器人说出第一句话之前，箱子用铜锤砸碎控制台，拔掉电缆线，在备用柴油发电机工作之前，疯狂撕扯着妥氏电场的电磁线圈。

他泪流满面。他多想回到十岁的时候，回到初见028号轴承时那个战栗的瞬间。钢铁轴承是他的神祇和爱人，他以为现在的作为，能够获得更多的眷顾与爱。可是他错了，他给米洛斯的维纳斯接上了手臂，他让梵高活着看到自己成为庸俗的流行画家，他为《红楼梦》和果戈理、卡夫卡、陀思妥耶夫斯基续写了结局。他毁了一切。

眼前的钢铁人形在逆熵时代的物理规则中逐渐湮灭，第二个千年"白铜时代"刚刚开始，人类还要经受十几个世纪的煎熬。箱子不用亲眼见证这一切，他的痛苦终结于一颗嵌入额头的白铜子弹。

大亨伸手去搀扶机器人,只接到一捧合金元素组成的碎渣,柔软的树脂零件散落于地,如超市廉价处理的碎肉。

"所以我们爱的并非钢铁,或者锰铬合金。"此后人亨经常对人说,"是稀少的东西罢了。由此可见,我们会越来越爱自己。"

# 停电了,我们去南方

阿 缺

阿缺,科幻作家,自2012年出道以来,共计发表或出版作品百万字,多篇作品被译为多国文字在海外发表,多次获得中国科幻银河奖和全球华语科幻星云奖。作品以写软科幻为主,风格糅杂,代表作有《与机器人同行》《星海旅人》和《再见哆啦A梦》等。

我最喜欢的一个英文词组，是 What If，也常以它的角度来思考生活。这种思考常会给我一些收获。因为我们习以为常的，既有人情法理上的约定俗成，也有物理意义上的规则。这两者，通常有很密切的关系，但如果——我是说，如果，我们熟悉的生活规则被改变，整个社会场景会发生什么变化呢？

如果每个人一天只能说一句话，如果地球引力发生了三十度角的倾斜，如果人们每天的情绪可以定制并需要申请才能获得，如果世界只剩下一种颜色……这些想法当然很荒诞不经，但其实以它为原点，或为钥匙，通常都可以穿过窄窄的门，进入另一个世界。一个规则略有不同的世界，而这个世界里的人们，已与我们千差万别。

这种思考有时会让我会心一笑，有时候也会产生一些灵感，进而创作出一篇篇科幻小说。

而《停电了，我们去南方》便是这种思考的产物。如果世界没有了电，我们会怎么样？当然，每个人思考这个问题，都可能有不同的答案，而这一篇小说，是我的答案。尽管这个故事的底色略为灰暗，但我相信，即使真的停了电，小说中的场景也不会发生。它只是一面镜子，照到了阴暗角落，让我们可以避开，循着人性的光辉走向明亮之处。

# 停电了,我们去南方

## 1

我们去南方吧。有一天,张得帅突然对我们说。

当时我们正走在黄昏里,晃晃悠悠,无所事事,无精打采。几只迷路的鸟儿没头没脑地在高楼间乱撞。赵发财看着飞鸟,舔下嘴唇,说,好久没吃肉了,我们把这群呆鸟打下来吃吧。他旁边的陈美丽一听就皱起了并不美丽的眉头,说,发财哥,不好吧,怎么能吃小鸟鸟呢?我们几个也表示不赞同赵发财的建议。赵发财出神地仰视飞鸟,说,我记得小时候,那还是在跳闸以前,我吃过这种鸟,用火烤熟的。别看它们小,肉又多又嫩,烤熟了,肉里面能滴下油,落在地上,泥巴滋滋地响。落到嘴里,心滋滋地响。

他说完,回头看我们,你们打不打?

我们纷纷从地上捡起石子,向那些鸟儿扔。我们五个人里面,赵发财和我的力气最大,张得帅瘦骨嶙峋,但也能把石子扔上七八层楼。至于陈美丽和王清纯,就纯粹是瞎捣乱,石子压根碰不着鸟的一根毛,还不停地大呼小叫,惹得楼上的人把窗子打开,蘑菇一样伸出头,好奇地看我们。

那几只鸟被石头擦过,连忙扑腾翅膀。它们在磁暴中本就没有方向感,现在被我们追逐,更加惊慌,连撞好几次,向远处飞去。我们穷追不舍,穿过一条条破败的街道。

这几只鸟估计被终年不去的磁暴折腾得够呛,飞的时候,不停地撞着墙壁和玻璃。其中几只误打误撞地飞远了,只有一只呆鸟,径直飞,被我们一路追。后来我们有些累了,鸟的翅膀被砸中过几次,也累了。它落在一处四楼阳台上,蜷缩侧躺着,轻轻啄着受伤的翅膀。

它舔舐伤口的姿态甚是优雅,犹如夕阳下的黄金艺术品,我们一时看着迷了。王清纯说,还是,不吃了它吧?我们先后点头,连赵发财也不舔嘴唇了,出神地看着,像是回忆起停电以前的日子。他说,好吧,让它飞走吧,它的故乡是天空,它应该张开翅膀,回到——

话还没说完，四楼阳台上突然扑出来一个老人，一把抓住这只呆鸟，塞进嘴里。他大口嚼着，肮脏的胡子上满是艳红血迹。

我们大怒，对着老人喝骂，尤其是张得帅，跳着脚骂。老人一边把羽毛从嘴里扯出来，一边以嘶哑血腥的声音回敬我们。年纪大就是了不得，脏话极具艺术感，连学富五车的张得帅也骂不过。赵发财抄起一块石头扔过去，老人连忙躲进屋里，我们五个蹬蹬蹬上楼，使劲踹这老家伙的大门。但这种合金防盗门远比我们的脚和破烂鞋子坚硬，十几分钟后，赵发财惨叫一声，小腿崴着了。

这个过程中，老人一直在门后面，以优雅的脏话问候我们散落天涯的家人，文采斐然，好整以暇。

天渐渐黑了，楼道里阴沉如墓。

我们悻悻地放弃了对防盗门的攻击，扶着赵发财下楼。街上有很多游荡的人影，三五成群，跟我们一样，晃晃悠悠，无所事事，无精打采。赵发财一瘸一拐，不停骂娘。起风了，风中有阵阵凉意，我们都捂紧了衣领。

王清纯缩了缩脖子，说，秋天快结束了啊。

这时，张得帅猛抬起头，嗯嗯，秋天一结束，冬天就来了。我们去南方吧。

我兴奋起来。南方，一个已经陌生但又多么熟悉的词语。自从停电，我多年缩居在这个北方城市，早已忘了故乡的模样。我又想起，那群呆鸟突然出现，恐怕也是要去南方过冬吧。哪怕磁暴扰乱了它们的方向感，但基因里对温暖的渴求，依旧指引着它们。

赵发财迟疑，问，去南方做什么？谁知道那边的情况现在怎么样了，说不定比这里更乱。

陈美丽却说，那可不一定，南方人性子温和，跟你们北方人可不太一样，停电之后，大家肯定相亲相爱，一起共渡难关。

赵发财嗤道，陈美丽啊陈美丽，你说的话，你自己信吗？

陈美丽转而看向我，说，李平庸，你怎么愣着不说话啊，你说，是不是南方人比北方人性格好？我记得你老家就在南方，你说，你们是不是被打了就不还手？别人打你左脸，你就会把右脸也伸过去给别人打，是不是？

我说，去你妈的，别人要是敢打老子的脸，老子把屁股坐在他脸上。

在我们吵的时候，王清纯一直低着头，淡淡刘海下垂。

张得帅说，你们听我说——李平庸，你放下陈美丽的头发——冬天要来了，而且我看了下天气，西伯利亚的寒流正在过来，太平洋的冷风正风雨兼程，这个冬天恐怕要到零下三十度。现在没了暖气，我们把能烧的东西都烧得差不多了，这种天气我们都熬不过去。我们去南方吧。

赵发财说，张得帅，你别骗我们啊。你别以为你长得帅我就不敢打你。

张得帅说，你爱信不信——哎你别动手，李平庸，你拦住他。

我连忙挡着赵发财，说，张得帅读了很多书，肚子里全是知识,知道胡克定律,还知道牛顿-莱布尼茨公式。他的话应该是准的。

张得帅和赵发财一直互相不对付,在跳闸以前就是,有钱人看不起小白脸,小帅哥鄙夷不良商人。停电后这些年,我们五个厮混在一起,要不是我在中间抹油,他俩早就崩了。

赵发财扶着墙,看向远处,黑暗一点点浸上来。真的很冷吗?他说,可是这几年不都忍下来了吗?

零下几度可以忍,零下三十几度熬不过去的。我说,就算每天吃饱了面包,也扛不住寒冷。

陈美丽和王清纯也面露忧色。

这时,赵发财眼睛一亮,说,好,我们去南方!

我跟赵发财认识,早在跳闸前。那时,他还不叫赵发财,而是另一个经常登上商业期刊的名字。哦对,他还是我老板,运营一家前途不错的创业公司,选址在市区CBD,每天早上端一杯咖啡,透过百叶窗俯视楼下蚂蚁般的人群。有时候他还把我叫过去，点一支烟，指着那些步履匆匆的白领，在云雾缭绕中，他对我说，人哪，还得有钱。

在赵发财还没有钱的时候，我就已经跟着他了，看着他从在咖啡馆里骗投资人钱的羞涩青年，到了叱咤商界的大肚中年。其间几经波折，数次险些倒闭，最惨的时候公司只剩下我和他了。其实我也只是懒，打算彻底失业了再去找工作，但赵发财非常感激，说以后忘不了我，有他一口吃的，就不会让我饿着。还让我一直跟着他，他去哪里，我就去哪里。后来情况好转，他确实没有失信，给我股份，每年分红，我银行卡里的数字到了我自己都不敢信的地步。

接着，毫无征兆地，一束来自外空间的强电磁脉冲席卷全球，且持续不去。所有的电子设备全部被毁，无法修复。世界跳闸了。我们的钱随着浩瀚的数据海洋一起消失，银行存款不见了，势头良好的股票不见了，积累多年的人脉不见了。我一蹶不振，但赵发财不愧是赵发财，在所有人经历等待、郁躁、暴乱、绝望、麻木的阶段时，他就开始悄悄积累食物和水。

他抢了好几家超市，把货物拖到谁都不知道的地方，然后开始等待。这一段过程他常常跟我说起。

妈的，他说，外面的声音可吓人了。除了砸东西，还有杀人的，我藏在下水道里，血渗下来，手一摸，都是咸的。为了一小袋过期的面包，他们就能捅刀子。可我不怕，我知道我藏的这些东西，以后都是保命用的。躺在食物中间，我心里安啊，我还睡着了。一觉醒来，爬上街，全他妈是尸体。

我不佩服赵发财的胆大——毕竟我也是从暴乱中生存下来的，我佩服的是他的先见之明。这个男人，在文明时代能预测财富的走向，落回野蛮时代后，又能迅速切换身份，预测出社会格局的变化。相形之下，我只是地上芸芸人群中的一个，别人等待我等待，别人暴动我暴动，别人麻木我麻木。所以我叫李平庸。

后来我和王清纯在街上闲荡，遇到了同样闲荡的赵发财。他认出了我，我们就结伴闲荡，一起寻找食物，实在饿得受不了时，他就让我们等等，出去一会儿，再回来时手里已经拿着小瓶水和面包了。看着我们狼吞虎咽的样子，他总是叹气说，人哪，还是得有钱。等我们吃完后，他会把面包的包装袋要回去。再后来，陈美丽和张得帅也加入了我们，赵发财这种及时雨般的行为依然保持着——他在谁都不知道的地方建了一个宝库，里面满是水和食物。

也因为这个，他在我们这个小团体中地位最高。

眼下，我们达成了去南方的约定，各自分头去收拾行李，他却把我叫住了。

跟我来一个地方。他说。

我和赵发财一起，走在夜幕四合的城市街道。之前，这种行为很危险，路旁随时可能冲出饿疯了的人，但现在许多小团体已经形成，互相制衡，大家缔结了短暂的和平。夜里人们休息，争斗留给白天。我们走在路上，渐渐看到星光。

赵发财带我到的地方，是这个街区的各个角落。在地板下面，在断壁残垣背后，甚至某棵树上，都藏了一个勒紧的黑色塑料袋。他把袋子从隐蔽处拿出来，丢给我，我接过来，隔着塑料袋都能感觉到里面食物的质感。

我们各背着十几个塑料袋，最后，来到了地铁站。进站口已经长满了杂草和树枝，像是从坟墓里伸出来的手臂，兴高采烈地招摇。是的，跳闸以来，最难过的是人类，最高兴的莫过于植物了。它们一度被人类驱逐，但人类没有电之后，它们再度席卷，从农村包围了城市。

我们拨开植物，顺着已经锈蚀的自动扶梯往下走，背后的星光一点点变暗。四周不见五指。这时，我前方出现了一圈光亮，虽然暗，但前行的路已经可以看见。跟上来，赵发财脚步不停，说。

我这才看清，光亮来自赵发财手中的火柴。你什么时候藏的这个玩意？我有些激动，好多年没见过人造光了，赵发财，你真有几手啊。

这算什么，赵发财边走边说，只要一天不来电，光、食物和水就是人们最缺的东西。你们还在傻乎乎等一切恢复的时候，我就开始准备了。

小小的火柴棒上，焰光一跳一跳，我们笼罩在这淡淡的光晕里，如同被一只奄奄一息的发光水母裹挟着，缓慢游向深海。一辆地铁停在进站口，车门被撬开，里面一片狼藉。显然是地铁刚进站，就跳闸了，里面的人撬开门跑出来。

火柴棍灭了，他又划燃另一根。

别进去。赵发财说，带着我绕过了地铁，跳下轨道，沿着铁轨往前走。光掠过我们身侧这巨大的金属车厢，勾勒出黯淡的斑驳，如同一条腐烂的鲸鱼。我心惊胆战，沿着轨道，越来越深入。不知走了多久，赵发财停下了，指着地铁隧道中段的一个小铁门，说，帮我把东西塞进去。

这个小铁门里原本是用来放置地铁的检测器材，但现在，里面摆满了鼓鼓囊囊的面包包装袋。我们把塑料袋塞进去，赵发财关好门，舒了口气，说，走，还有下一趟。

他之前为了应急，在城市各个角落都埋了救急食物包。这个晚上，我帮赵发财搬了五六趟，快到半夜时我跟他说累了，要回家休息。

也好，赵发财点头，又补充说，这地方，别告诉其他人。

我问，那为什么找我帮忙？

他说，你是我的员工啊。放心，我一定把你带到南方。

临走前，他又丢给我一个塑料袋，当作我明天的早餐。说起来，我已经很久没吃过早餐了，每天早上都被饥饿催醒，身体倒是习惯了，但胃开始抗议。

想到明天早上醒来后可以吃面包喝清水，心里就莫名满足。我把它塞进衣服里，裹紧衣领，出地铁后，快步往家走。

荒废的高楼藏在黑暗里，借着星光，只能看到模糊轮廓。有电的时候，里面灯火通明，每个窗子都是小小的细胞，电梯像血管一样不断将人运输。很多人拼尽一生，只为得到这些高楼里的一个狭小空间。但现在，跳闸了，这些辉煌的巨人正在死去，曾经寸土寸金的房间，弥漫着粪便和尸体的气味。

这时，身后传来稀稀疏疏的脚步声。

谁？我回头问，以为是赵发财不放心，说，我不会跟其他人——星光隐隐约约，一张脸在街道另一面露出来，我眯眼一瞧，咦，王清纯？

这张脸清秀姣好，笼在星光下，五官有如融化。这就是王清纯，有时候你甚至看不清她的长相，但你见过她，就会有一个印象，那就是清纯。你就会记住她，隔着一条街，你也能认出她。

我们一起在街上慢慢走着。从前我们这样一起闲荡的时候很多，一起找吃的，找到之后，一天就会无所事事。走路成了我们最经常做的事，她跟我讲她当演员的那些事情，我也抱怨一下职场和赵发财。偶尔我们也做爱。但赵发财加入我们之后，她明显倾向赵发财，后来张得帅来了，她又跟张得帅亲近了一阵子。总之我在五个人里面，是最孤独的一个。

但现在，我们不紧不慢地往回走，仿佛时间重回。她低着头，跟我说，要去南方了，她有点紧张。她是个北方姑娘，没见过南方的太阳。她睡不着，出来走走，就看到了我。

我说，很晚了，去我家吧。

## 2

我知道,你肯定很想听我讲我和王清纯回家之后的事情,说实话,我比你更着急。我已经很久没有做过爱,小腹里面总是像藏着一只老鼠,吱吱乱窜。但作为一个负责任的讲述者,在进入那个环节之前,我觉得有必要跟你说说我和王清纯的事情。

王清纯是学表演的,毕业之后,到处参加各种电影电视剧的面试。我跟你说,搞电影的那群人,个个是流氓。这群流氓们聚在一起,像狼一样盯着王清纯,那个时候她还不懂流氓们目光里的含义,屡被刷下来。整整三年,她都奔波在各大电影公司和皮包公司之间,跟她同级毕业的女孩子们,要么已经崭露头角,要么转了行,只有她还坚持着。后来,她终于拿到了一个低成本电影的女二号。

电影竟意外地拍得不错,上映前拿了几个奖,制片方觉得能以小博大，于是花重金请宣发公司，有她头像的海报贴在各大城市的公交站牌里；又准备了全国路演，第一站就是一座靠海的南方城市。那是她第一次去南方，特别兴奋，早早地来到机场，等着剧组的同事。

但这个时候，当的一声响，候机厅里的灯同时熄灭。她还没有反应过来，一架即将落地的飞机笔直砸到停机坪，火光冲天而起。她脸上依然是一片茫然。

仿佛有人拉开电闸，全世界都停电了。

起初，大家都茫然地等待，等着灯恢复光亮，车重新启动，手机里再次传来声音。但这种等待漫漫无期。后来，大家开始意识到，这次停电，可能是永久的了。

我的同事郭忧郁却不再忧郁，高兴地说，也好也好，我们的文明进展得太快。好不容易停一次电，大家可以停下脚步，好好想想要去哪里。

我想，他最后应该还是没有想出这个答案。因为两天后，他坐在街边，晒着太阳，被一个孩子用石头砸破了脑袋。他对这个世界的预判远不如赵发财,他不知道,一旦停电,文明并非停步歇息,而是会急速倒退。

先是有人疯。他们的股票、存款、人脉,全部被清洗干净,流浪汉依然可以躺在天桥下晒太阳,但城市白领们失去了整个世界。然后就有人死。人们三五成群,打家劫舍,搜刮一切能吃的能喝的。

最疯狂的时候,只要有人在街上露面,四周立刻冲出来一批人,先是乱砖砸死,再搜刮一空。然后藏在街边,等着下一个走过来的倒霉蛋。

为了自保,我和七八个男人聚集起来,也打算效仿这种行为,拦劫路人。我们穷凶极恶,个个都说自己手里有好几条人命。其中陈害羞说自己杀了仨,杨憨厚说自己杀够七,我连忙说自己杀了二十一。

我们把守住一个地铁口,打算把每一个单独过来的人拖进去打死。

但第一个走过来的,是一个高大威猛的男人,身上还染了血。我们一冲出来，看见壮汉身上鼓起的肌肉，又哗啦啦退回去。那壮汉冷笑一声，迈步离开。

靠，这样下去不行！我对陈害羞说，不能再怂了。我们人多力量大，心要狠手要辣！陈害羞连忙点头，说，对对对，刚刚是没准备好。下一个不管是谁，看我不把他砍得质壁分离！

鼓足气之后，我们分散在地铁口的各个方位，严密布置。就算是刚才的壮汉，也自信能合而围之。

很快，下一个脚步声响起。

我们都振奋起来，等脚步声迈到地铁口时，一齐冲了出去。然后，我们都停下来了。

来人正是王清纯。

我记得那是一个黄昏，斜照染红了这座倾圮的城市。每个人的影子都被拉得很长，王清纯被我们围在中央，一脸惊慌。

但更惊慌的，是我们。我们已经很久没有见到这样清纯的脸了，有着浓重金属感的夕阳，都不能使她的五官显出攻击性。她胆怯，刘海微微垂下，肩膀像仓鼠一样缩起。还有她的头发，停电这么久，大家都是蓬头垢面，她的头发却漆黑纯净，如墨染的匹练。

我们互相看看，各自头顶都是一蓬鸡窝，不由自惭形秽起来。

最先叛变的是陈害羞，他的目光掠过王清纯，冲王清纯背后的杨憨厚打招呼道，哎呀，憨厚，在这里遇见你，好巧啊。杨憨厚把手里的砖块丢一边，说，害羞，真有缘啊，我随便散步都能看到你。走，吃烧烤去。其余人纷纷醒悟，隔着王清纯，跟其他人打招呼，三三两两结队，热络地从各个方向离开。后来我才知道，这群号称穷凶极恶的人，之前都是从事编程工作的。一群程序员，难怪在看到王清纯的第一眼，就失去了战斗力。

王清纯仿佛透明人一样，看着他们从四面八方冲过来，愣了愣之后，他们又结伴从四面八方离开。最后，只剩下我和王清纯站在黄昏的街道上。

我也没回过神，提着半块砖头，在晚风中左顾右盼。王清纯朝我走过来，说，我饿了，你有吃的吗？

我扔下砖头，拍拍手说，不早了，去我家吧。

我和王清纯就这样混到了一起。我们分享寥寥可数的食物，躲避发疯的人，看城市的锈迹一点一点变深。

再后来，人死得足够多，大家也打累了。几个大团伙彼此威胁，不再有人随意动手。所有人都想重建秩序，所以秩序就一直重建不起来。大家开始上街，晃晃悠悠，无所事事，无精打采。

我跟你介绍我和王清纯认识的过程，并没有什么高深莫测的目的，就是想说明王清纯好看，免得你觉得我骗你。你想想，我骗你做什么呢，我都要去南方了。一个打算去南方的人是不会说谎的。

现在，你知道王清纯很漂亮了，那我继续跟你说我在深夜里遇见她的事情。这样会使我的讲述更加香艳，你瞧，我的目的从来这么简单。

所以第二天一大早，我和王清纯起床后，把赵发财给的那点早餐吃了。接下来，我们讨论去南方的事情。王清纯问我南方是什么样子，我问她，你就算真没去过南方，以前在电视上没见过南方吗？她迟疑了一下，说，见过，但是停电那么多年，都忘记了，你还记得吗？

听了这句话，我也愣住。我的记忆里也没有了南方。

南方人吃饭用碗不用碟。我绞尽脑汁，说，那里还很温暖，冬天路边都会开花。

王清纯听了很高兴，走来走去，又说，那太好了，我都迫不及待想去南方了。

但我们都要等赵发财收拾好一切，毕竟，没有他的食物，我们很难撑过贯穿南北的千里路途。我们等到傍晚，斜阳下沉，晚霞凄艳，我看到远处的一个湖泊里，水面金黄的波光泛动。我说，我们去打水漂吧？

我和王清纯先是来到湖泊不远处的一个铺子，推开门，把货仓里的一堆堆手机包装盒抱到湖边。我们坐下来，拆了包装盒，把那款号称最薄的苹果手机拿出来，手腕一旋，手机便在湖面上打着漂儿，不断远去。

这个打发时间的办法，是我和王清纯偶然发现的。我们在寻找食物时，发现了附件的一家手机零售店，早已人去店空，但货仓里码着整整齐齐的手机。这些昂贵的电子器材，在断电时代一文不值，但我们开发它的新用处——打水漂。真的，用手机打水漂特别顺，随便一甩，都能打出十几个漂儿。不信你现在就可以拿手机去湖边试试。

我们就这么甩着手机，有一搭没一搭闲聊。斜阳很快消逝，暮色从四面八方围过来。王清纯突然说，平庸，我们去南方吧。

嗯，我点头说，是啊，我们要去。

我是说，就我们俩去吧。

我一愣，抬起头，看到王清纯在暮色里的脸。最后一抹霞光从她额头划至嘴角，然后湮灭。她的脸即使被黑暗包裹，依然有不可方物的美感。我回过神来，问，你说什么？

她没有回答,看着我。

可是,我们不是跟赵发财他们说好了吗?

王清纯说,赵发财不会带着我们的。而且陈美丽这个人,我不喜欢。

我也不喜欢陈美丽。

张得帅又一天到晚神神叨叨的,我还是想跟你在一起,李平庸。

我第一次听到王清纯对我说这样的话,她声音里的温柔伴随着夜色,弥漫四周。我心口一热,说,好,就我们俩去南方。那是我的家乡。我们可以在南方落地生根。

那你把赵发财藏食物的地方告诉我,我去弄我们在路上要用的食物。然后趁天没亮,一起出城,往南方走。王清纯说。

我说我自己去找赵发财要食物,但王清纯阻止了我,她说她去要的成功率高很多,让我在这里等她。于是,我告诉了她地址,留在湖边,看着王清纯的身影一点点融入夜色,渐至消失。我在黑暗中把手机扔向湖面,噗噗噗的水漂声传来,我却看不到丝毫涟漪。

一直等到天亮,我都没有等到王清纯回来。

## 3

第二天,赵发财收拾好行李,打算离开。这个时候,下了一场大雨。赵发财看着雨水从高楼间刷刷刷地冲下来,忧虑地说,这雨恐怕要下一阵子,下着雨,我们哪都去不了。

张得帅有些着急,说,不要紧的。发财大哥,你不是有不少存货吗,你肯定也存了雨衣雨具,拿出来我们冒雨也能去南方。

赵发财说,你以为我是叮当猫啊,什么都存。

陈美丽也帮腔,雨太大了,万一感冒了,又没药,肯定撑不过去。帅哥,你就再等几天。

张得帅看向我,赵发财和陈美丽也看向我。我左右看看说,你们看到王清纯了吗?

他们都摇头。我说，那等几天吧，等一下王清纯。

于是，我们决定等雨停了再出发。我回到家。这个年代，本来已经没有家的概念了——我的房子是一个隐蔽的地下室，陈美丽选择一个四十层高楼的办公大厅，赵发财每隔一阵子就会换一个地方，有时在桥下，有时在车里。我们五个人都知道彼此的位置。而那些耸立的小区，大多数已经人去楼空，偶尔也有花了大价钱刚买房子的，眷恋不去，哪怕没水没电，臭气熏天，也死守着。

我躺在家里，什么事情不想干，等着王清纯回来。我的被子里还有她的余温，我蜷在里面，仿佛四周都是她的身体。

这时，门被敲响了。

张得帅鬼鬼祟祟地进了屋子，坐在床边。我斜眼看看他，没有起床，过了好一会儿，听到他说，李平庸，你是不是在等王清纯？我跟你说，你等不到她了，你以为她真的很清纯吗？那是表面上，现在世界这个样子，谁还清纯。我好几次看到她一个人去找赵发财，说不定，他和王清纯想两个人悄悄离开，把我们丢在这里。

我坐起来，想起那天晚上看到的王清纯的背影，仿佛浓雾里的一抹白霞。的确，我虽然跟她做出了要跟她一起去南方的承诺，但相比赵发财的实力，我的承诺不值一提。

那你呢，我斜睨着张得帅，你来找我做什么？

我们一起走！平庸，我跟你说，不能指望赵发财的。这人心狠手辣，不良商人，靠不住。你不是这几天在跟他搬食物吗，走，我跟你一起去把那些食物偷出来，然后我们骑上自行车，晚上悄悄就走了。我带路，很快就能到南方。

看着张得帅殷切的眼神，我默默叹息了一声。我知道张得帅急切地想回到南方的原因。

张得帅跟我是大学同学，以前被许多女孩子追求，但心比天高，只在快毕业的时候，遇见了刚进校的小师妹吴可爱。吴可爱的可爱一下子就俘获了张得帅的心。为了她，张得帅放弃工作，重回学校考研，花了三年才跟吴可爱在一起。他还把最珍贵的玉镯子送给了她。他们一起在南方一座靠海的城市买了房子，正准备结婚，这时，张得帅被派到北方出差。

这个世界跳闸时，张得帅正在跟吴可爱煲电话粥。电一停，磁暴狂风一般搅乱了联通南北的信号。张得帅先是耐心地等着来电，一切希望断绝之后，他就准备回到南方。但他的打算一直没有成行。他先是躲避混乱期的人们，被吓得胆战心惊，人们开始无所事事之后，他又要收集每天的粮食。在断电年代，长得帅已经不是优势了，反正大家都蓬头垢面。这个文弱书生几度濒临饿死，在瘦骨嶙峋的时候，遇到了我们，终于靠着赵发财继续苟活。但当他向赵发财讨要大批粮食准备回南方找吴可爱时，却遭到了赵发财的拒绝。这也是张得帅和赵发财关系一直不好的原因之一。

如今他这么急切地想回南方，肯定也是为了吴可爱。

唉，张得帅啊张得帅，你长得这么帅，怎么就忘记不了一个姑娘的可爱？我感叹道。

张得帅说，你是没见过吴可爱，你要是见过了，也会跟我一样对她着迷。她太可爱了，见到谁都害羞，见到谁都微笑。

他这番话，说得我也好奇起来。我离开学校的时候，没有见过吴可爱，只在张得帅嘴里听说过。他偶尔掏出一张泛白的照片，上面是一张可爱单纯的脸，但很模糊，我每次都没看清。他说的吴可爱这么可爱，让我一时忘了王清纯。

但是，我又犹豫道，你这么着急做什么，等雨停了，赵发财会带上食物跟我们一起去南方的啊，到时候，你就能见到你的吴可爱了。其实，你有没有想过——

后面的话我顿了一下，没有说出来。张得帅也明白，闻言便是脸色一变，说，不，不会的，吴可爱这么可爱，谁会伤害她。停了停，他继续劝道，赵发财是不会带我走的，我一直跟他不对付。李平庸，你听我说，好吧好吧，就算你要跟赵发财在一起，至少你帮我偷点儿食物出来好不好？只要有食物，我就能自己走，我可以自己一路走回南方。

去偷赵发财的食物，被发现了，后果很严重的。赵发财可杀过人。

赵发财存的食物多吗？

我又想起了地铁仓库里被食物塞得满满的场景,点头说,多,多得塞满好几个屋子。

那你觉得我们拿个十几斤,被发现的概率有多大?

我一听也是,坐起来说,那好吧,找个赵发财不在的时间,我们一起去偷偷拿一点,让你当盘缠。

说到这里,张得帅又迟疑起来了,这个这个,你看我一介书生,实在干不来盗窃的事情,这有违法纪纲常,亵渎伦理道德。要不,你去偷,我给你把风?

张得帅的胆小怕事我倒也不意外,想了想,他这么怂的人去了也碍事,就点点头。接下来,我们只需要趁赵发财离开废弃地铁站,就可以行动了。

第二天,雨依旧下个不停。我和张得帅饿了,照例去找赵发财乞讨食物。我们冒雨走到赵发财的住处,隔着一条街,张得帅说,你去吧。赵发财要是看到你跟我在一起,肯定会疑心,我在这里等你。

我缩着脖子穿过下雨的街,敲响了赵发财的门。里面有动静，同时传出赵发财的声音，进来吧。我推门进去，看到赵发财正压着一个女人，两个人的呻吟此起彼伏。不一会儿他们弄完了，女人瞥了我一眼，说，趁热吗？我连忙摆手，说，多谢你好意，最近肚子疼。

女人穿好衣服，接过赵发财递过来的一袋子面包，款款离开。赵发财半瘫在床上，看着她的背影，感慨说，真他妈放荡啊。李平庸，你看，这才是尤物。跳闸以前，花一个包，我玩得到这样的女人；跳闸以后，花一个面包，还能玩得到这样的女人。对了，你来找我做什么？

我找你要一个面包。

正好，赵发财拍拍床沿，上来，省得我再穿一次衣服。

我两眼一闭，我还是饿死好了。

赵发财大笑，我跟你开玩笑的！他拉开抽屉，拿出一个面包，丢过来，又叮嘱道，这几天好好休息。等雨停了，还要一起去南方。

我拿着面包出门，街上雨水如幕。走到街对面，发现张得帅脸色古怪，低着头，手里攥紧，不知在想什么。

你怎么了？我问。

我找到了可爱的手镯。他说着，摊开手掌，手里赫然是一个古朴的玉手镯。

我愣了一下，反应过来，他说的可爱的手镯，并不是说手镯可爱，而是说吴可爱的手镯。怎么可能，我说，吴可爱不是在南方吗？

是啊，但这的确是她的手镯，本来是一对，这是右手手镯。上面的花纹，摔过的痕迹，都一模一样。平庸，我不去南方了，因为可爱来了北方，我要找到她。张得帅说这句话的时候，脸颊抽搐，仿佛疯癫。

我明白他受的打击之大。他以为吴可爱一直在南方，但说不定吴可爱早就来了北方，一直在这座城市里。但街头巷尾，院外墙内，每一个角落都有可能错过。

这并非危言耸听。从前，哪怕两个人隔着天涯海角，可以骑马去找；再后来，全球各地，凭着一串号码联系；到了现在，人和人之间的距离，从全世界缩小到了狭窄的视界范围。我们居无定所，每日里漫无目的闲游，哪怕只隔一条街，也可能永远错过。信息时代给人际关系营造的安全感，在没有电的时候，瞬间土崩瓦解。

可是，说不定……

张得帅退后两步，脸上肌肉抖动，喃喃说，一定是她来找我了，她从南方一路走到北方来找我了！她就在这座城市里，我要去找她！

他跌跌撞撞往回跑，雨一下子打湿了他。他边跑边大声喊着，可爱，可爱，我是得帅啊。这声音有些嘶哑，混在雨里，模糊不清。

我们在雨中找了几天。张得帅路过每一个屋檐，都喊一声可爱啊可爱，我是得帅啊。没多久声音就嘶哑了。下雨天人们都坐在路边，继续无精打采，张得帅声嘶力竭地从他们中间路过,人们缓慢地移动脑袋,看着他,兴味索然。

这样持续了几天,一无所获。有一天我们在街上遇到了赵发财,赵发财问,他怎么了?

我说,他在找他的女朋友吴可爱。

赵发财说,他的女朋友吴可爱不是在南方吗?

我说,是啊,但他的女朋友吴可爱现在到了北方,所以张得帅要找到他的女朋友吴可爱。

哦,赵发财点点头,又说,他怎么找不重要,我们来聊聊去南方的事情吧。这场雨就快停了。

我心里放不下张得帅,说,等雨停了再聊吧。对了你知道王清纯去哪里了吗?

赵发财摇摇头。

我看见他的眼神里有躲闪的光,肯定有什么不愿意告诉我的事情。不过以他的习惯,我也追问不出来,也转身离开,沿着张得帅的喊声追过去。

雨是在一个傍晚停的。连日瓢泼,太阳早就憋不住了,雨一停,就立刻冒了出来。一道彩虹在城市的两边架起来。所有人都走到街上,仰头看着彩虹,他们的脸上蒙上了玫红的色泽,显得有些迷茫。

在我记忆里,这景象已经多年未见,不由看痴了。这时,张得帅突然拉着我,指向对面街道的人群,说,啊,可爱!

我看过去。果然,对街站着一大帮人,正仰头看着彩虹,其中站着一个女人。我对她的背影感到熟悉。

她站在一群五大三粗的男人中间,身姿窈窕,前面凸,后面翘,衣服穿得少。她左边站着的,是布满文身的刘凶猛,右边是一身肌肉的周强壮,钱下流站在她身后。这三个人正把手放在她身上,一边游走,一边迷茫地看着斜阳和彩虹。

我终于看清了,这个女人就是我去找赵发财时,在赵发财房间里见到过的。但她并不可爱,她叫床的声音分外淫荡,像交响曲一样。

而她的左手上,确实戴着张得帅送给她的手镯。她的面容,确实是那张泛白照片上的模样,只是,照片里的可爱换成了淫荡。

你找到她了,我说,上去啊。你走过去,跟她说可爱啊可爱,我是得帅。

但张得帅只是远远看着,手指颤抖,不敢上前。

打那以后,张得帅就疯了。

# 4

陈美丽跟我说,你觉不觉得赵发财有鬼?

她说这话的时候,把脸凑近了我,所以她脸上那几乎要把五官淹没的肉堆毫厘可见,非常具有视觉冲击力。我能看到一条肉浪从她额头翻涌到嘴角。我后退一步,警惕地说,什么?

赵发财啊,她神神秘秘地说,你想想,赵发财为什么要去南方呢?

张得帅不是说了吗,这个冬天零下三十多度,我们谁都熬不过去。

陈美丽鼻子里喷出一口气，你还真信了？张得帅那家伙，一心只想回南方去找他那个小女朋友。他的话，我从头到尾都不信！

我一愣，所以你从没想过跟我们去南方？

陈美丽得意地点点头，赵发财在地铁里藏了那么多吃的，只要赵发财一走，我把它们挖出来，以后我就衣食无忧了。

原来这才是陈美丽的计划。我默默叹息。自从赵发财让我跟他一起搬食物后，王清纯、张得帅和陈美丽先后来找我，都是为了那藏在地铁里的食物，那仿佛是黑暗里放出黑色光芒的火焰，吸引着无力的蛾子振翅前往。

你现在来找我，是想让我告诉你赵发财藏食物的地方，是吗？我摇摇头，这件事不能做。王清纯和张得帅都找了我，但现在，王清纯失踪，张得帅发疯，你又会怎么样呢？

我跟他们不一样。

的确，陈美丽跟王清纯和张得帅不一样。事实上，她跟我们所有人都不一样。我试图回忆初识陈美丽的日子，但记忆涌现了氤氲的雾,竟完全想不起她是什么时候加入我们这个小团体了。仿佛有一天我们在街上闲逛,路过一个拐角,陈美丽走出来,我们就从四个人变成了五个人。有一次我问赵发财,陈美丽到底什么来路啊?赵发财罕见地眯起了眼睛,有些迷茫,说,我也不记得她什么时候来的了,但是,他顿了顿,补充说,但是这个女人肯定不简单。

是啊,现在能活下来的人,都不简单。王清纯靠她的脸,赵发财靠他的智慧,我靠赵发财,而张得帅几次险些饿死。至于陈美丽,一个并不美丽的女人,在虎狼环伺的末世里,是怎么活下来的呢?在大家都因为食物短缺而面黄肌瘦的时候,只有她,日渐肥胖,走路肉颤,看着实在可恨,这都没被砸死,可见实在是厉害。

哎呀,你愣着干什么。陈美丽推了我一下,说,你带我去赵发财藏食物的地方。明天你们就要走了,这些食物就留给我吧。

你为什么不去找赵发财?

陈美丽鼻子里喷出一口气,他肯定不会告诉我的。

你凭什么觉得我会告诉你呢,我已经有点不耐烦了,说,难道就因为你叫陈美丽吗?

陈美丽对我的鄙夷置若罔闻。她凑近我,说,我知道你一直看不起我,你喜欢王清纯,认识张得帅,依靠赵发财,一直讨厌我。但我有一个消息,可以跟你换赵发财藏食物的地点。

我往后躺了躺,轻笑一声,我明天就要跟赵发财一起去南方了,以后吃喝全部靠他,我实在想不出什么消息值得我背叛我的老板,我的衣食父母。

我知道王清纯在哪里。陈美丽说。

我和陈美丽趁着夜色遮蔽,来到了地铁,沿着阶梯一步步往下走。

我们没有火柴,黑暗完全将我们浸没,像是在墨水瓶底艰难行进的蚂蚁。我只能凭着手在粗粝墙壁上的摸索,以及记忆里的方位,一步步走向赵发财藏食物的屋子。陈美丽紧紧跟在我身后。

我又想起了赵发财带我来这里时的情景,他捏着一根火柴,火光照亮他的侧脸,另一半脸则藏在很深的黑暗里。他是如此信任我,连藏食物的地方都告诉我,如今我却把并不美丽的陈美丽带过来,洗劫他的食物。不过,明天我就要和他去南方了,他并不知道他藏在北方的食物会丢失。说不定我们一直待在南方,再也不会回来。我这样安慰自己。

随着在地铁甬道里的深入,四周黑暗益发浓重,墙壁突然从粗糙变成了光滑。我停下来,敲了敲,铁门的声音传来。

就是这里了,我说,里面就是赵发财藏的食物。

黑暗里,我看不到陈美丽的表情,但能听出她声音里的惊喜。就是这儿?藏得够深啊,她说,怎么把门打开呢?

我扶着门说,打开之前,你先告诉我,王清纯去哪里了。

陈美丽去拉门,但被我按住了手。过了一会儿,她的声音响起,王清纯跟赵发财走了,她的下落,你应该去问赵发财。

赵发财?我一愣,怎么跟他扯上关系了呢?

陈美丽说,那天晚上,我看到她走进了赵发财的房间,我等了很久,都没有看到她出来。后来,她就不见了,她的下落,赵发财肯定知道。

我回想起王清纯离开湖边的那个傍晚,她让我等她。她的背影和夕阳一起消失。没想到她去找了赵发财,并且再不归来。我呆呆地想,手上松了劲,陈美丽把手抽出来,去拉门把手。

但这扇门显然被赵发财锁好了,她使劲拉了几次,门没有丝毫晃动。

陈美丽说,哎哎,你帮帮我啊。

我心里想着王清纯,没有理会。她拉了我一把,我顺手拉了拉门,有些松动,正要再拉,却怎么也拉不开。

要帮忙吗?身后一个声音响起。

太好了,需要需要。我话说完,才意识到不对劲,转过身,只能看到背后一片黑暗。

嚓。一蓬火光划开,随即凝聚成一团火焰,光亮撕开了黑暗。赵发财的脸在火光中显现,线条锋利,眼神如鹰隼。他捏着火柴，火焰沿着细细的柴棍向前蠕动，一跳一跳的火光让赵发财的表情显得格外阴郁。几秒后，火焰涌到尽头，灼到了赵发财的手，但他似乎没有丝毫疼痛。火焰熄灭，他的脸再度沉进黑暗里。

他就这么站着，在我们来之前就站立于此。刚才我和陈美丽的话，全被他听见了，他却一直沉默。我的脸红了，幸好在黑暗里看不见。

火光又亮了。赵发财看着我们，说，哟，难得看到你们两个混在一起。李平庸，你不是一直讨厌陈美丽混在我们中间吗？陈美丽，你不也总是说，李平庸吃我的食物是浪费吗？

我和陈美丽对视一眼，各自后退一步。

火柴燃尽，赵发财把火柴棍扔掉，又划开一根。

我说，赵发财，王清纯去哪里了？

赵发财瞥了我一眼，没有回答，却看着陈美丽，说，你是想把这些食物偷走吗？陈美丽，我知道你不简单，你能在兵荒马乱里活下来，但你有没有想过，如果没有我，你守得住这些食物吗?

陈美丽迎着火光抬起头,直视赵发财,说,有时候你也把自己看得太重要了。

这么说,你另有门路了?

我总是有门路。

赵发财点点头,是啊,你比我们都厉害,你是能够想尽一切办法活下去的人。别说停电,就算是小行星撞地球,就算丧尸爆发,你也能活下来。他一边说话一边扭头,向四周看,这么说,现在过来的还不止你们两个?

在幽深的地铁隧道里,火柴只能撑开一蓬狭小的光亮,光亮之外,依旧是蠢蠢欲动的黑暗。脚步声在火光不及之地响起,纷乱踢踏,显然不止一个人。

我诧异地看向陈美丽,她脸上却没有什么表情,仿佛一切顺理成章。从黑暗中走向我们的,一共有四个人,火光逐渐把他们的脸勾勒出来。这四个人我都认识,分别是刘凶猛、周强壮、钱下流和那个作风放荡的姑娘。他们提着钢棍,脸上是不怀好意的笑容。

看来你准备了很久啊，赵发财又划燃一根火柴，说，能把这几个人叫过来，不是一两天的决定吧？

陈美丽说，嗯，一个月之前我就跟他们联系了。

那时候我们还没有决定去南方。

但那时候你给我的食物，已经比以前要少了。

赵发财点点头，看来农夫与蛇的故事，还是有道理的。你很厉害，比我们都适合在这个世界活下去。

说话间，刘凶猛、周强壮和钱下流已经围了过来。他们的影子被火光拉扯着，延伸进黑暗里。唯一的姑娘靠在墙边，笑嘻嘻地看着我们。

赵发财，也别坚持了。你明天跟李平庸去南方吧，这些食物，就留给我们。陈美丽说，也别挣扎了，你年纪大，斗不过他们三个人的。他们每个人手上，都有人命。

赵发财鼻子喷出一口气，说，刘凶猛和周强壮杀过人，我信。呵呵，但这个钱下流，手上要是有人命的话，唯一的可能是手淫过度吧。

钱下流大怒，妈的，找死！

几个人要冲过去，但这时，火柴棍熄灭了。黑暗笼罩一切。想跑！刘凶猛说，追过去！

但他们的动作马上就停了。因为火光又在赵发财手里亮起来，而他的另一只手上，握着一柄手枪。

枪身纯黑，比四周的黑暗更加沉郁，仿佛是他手里的一团墨汁。枪口对着刘凶猛，刘凶猛脸上横肉抖动，一步步后退。

赵发财冷笑，现在你们知道，我是凭什么守着我这些食物了吧？

手……手枪还能用吗？钱下流也在后退，左右看看，结巴道，不是磁暴吗，所有的电子器材都不能用了啊。

傻逼！一直沉默的周强壮说，这又不是导弹炮，手枪击发的原理不是靠电，是靠火药。他骂完，转而看向赵发财，嗨，赵老板，这事儿就算我们栽了，我们现在就撤。

赵发财举着枪，脸上阴晴难辨。火光又灭，他没有再划火柴,黑暗伴随着沉默,令人窒息。赵发财说,滚吧。

四个不速之客慢慢后退,沙沙的脚步声响起。我愣在原地,脑子里飞速转动:赵发财手里有枪支,在这样停电的年代,就占据了绝对的上风。而我把陈美丽带到这里,陈美丽把那四个人带来,想打劫他的食物库,这种背叛,以赵发财的性格是绝不会原谅的。那他会怎么办呢,处理完陈美丽就来处理我?唉,可惜死前都没有见到王清纯,对了,王清纯去哪里了……

就在我胡思乱想的时候,陈美丽已经开始求饶了,说,发财,我错了。我只是来帮你检查一下食物,我会跟你去南方啊,我不会骗你。我要去南方了我还骗你做什么。都是李平庸,他带我来的,他想跟我在一起,把我从你身边夺走……

赵发财一直沉默。火光不再亮起,也不知道他在黑暗里想什么。时间在这种僵局下过得无比缓慢。我额头沁出汗珠,腿在打战,思考要不要趁黑拔腿就跑。

这时,隧道的另一边,传来了一阵声嘶力竭的喊叫:

可爱啊可爱,我是得帅啊,你不认得我了吗?

赵发财划燃火柴，跳跃的光线里，我看到张得帅跌跌撞撞地跑过来。他边跑边喊，张牙舞爪，摔了一跤后又爬起来，跑向刘凶猛身边的姑娘。

他的样子太吓人了，面目狰狞，额头流血，嘴里大呼小叫。刘凶猛面色一沉，转头看向陈美丽，骂道，妈的，我说怎么这么轻易放我们走，原来是要埋伏我们！周强壮和钱下流也对陈美丽怒目而视。

赵发财也愣住了，手上的火柴再次燃烧到尽头。就在黑暗将我们淹没的一瞬间，陈美丽突然扑过来，抓住了赵发财的手。赵发财挣扎，两个人倒在地上，翻滚起来。

哎呀，你是谁！不远处响起了一阵惊恐的女声，你放开我！

可爱啊可爱，你不认得我了吗，我是得——哎呀，谁打我！张得帅的声音也随即响起。

刘凶猛抓住张得帅的头，使劲往地上撞，边撞边骂，你要是壮，来埋伏我也就罢了。瞅你这弱鸡样！哎哎，你们俩愣着干嘛,去那边对付赵发财啊!

周强壮和钱下流也反应过来,循着声音,跑向在地上纠缠的陈美丽和赵发财。他们分别从我的左右边跑过去,速度太快,带起的风呼呼地掠过我的脸。

场面一时十分混乱。闷哼惨呼,痛喝怒骂,在这黑暗的隧道里此起彼伏。但奇怪的是,所有人似乎都忽略了我。这让我感觉有点没面子。正懊恼时,脚感觉被什么东西碰了一下,便弯腰摸索,摸到了一个很轻的小盒子,摇一摇,里面传来嗒嗒嗒的声音。

是一盒火柴。

我欣喜若狂,趴在地上,打开火柴盒。里面的火柴不多了,三四根的样子,我划燃一根,四周的黑暗终于被火光逼退了几丈。

我看见赵发财被陈美丽压在地上,两个人的四只手都抓着枪柄;周强壮和钱下流跑错了地方,跑到了隧道的另一边,被火光照亮,都愣住了,连忙往回跑;刘凶猛提着张得帅的衣领,用腿踢打，而张得帅抱紧了放荡姑娘的大腿，兀自嘶喊。

火焰熄灭了，我手忙脚乱又划开一根火柴。

赵发财、陈美丽、周强壮和钱下流四个人手脚相缠，面目狰狞，七只手拽着枪，死活不让。唯一空出的一只手，是钱下流的，正在陈美丽身上摸索。陈美丽破口大骂；张得帅两腿环住刘凶猛腰部，牙齿死死咬住了刘凶猛的耳朵，血从嘴边流出。刘凶猛惨叫不迭，向后退，放荡姑娘则焦急地拍打张得帅的背部。

手一抖，火光又灭。我去找火柴棍，因为颤抖得厉害，火柴盒掉在地上。我趴着摸索了半天，找到了火柴盒，里面是空的。暗骂一声，又四下乱摸，终于找到了一根火柴。几秒后，光明再次出现。

赵发财、陈美丽、周强壮和钱下流围坐成一团，各自把手伸进两侧的人的衣服里，嘴里念叨着，枪呢枪呢。陈美丽最吃亏，衣衫凌乱，但咬着牙，努力想从旁边两人的衣服里找出那柄枪；张得帅拥着放荡姑娘，两人深情热吻，刘凶猛耳边流血，一脸迷茫。

最后一根火柴也熄灭了。闷哼厮打声再度传来，尤其以张得帅的声音最惨，想来在被刘凶猛使劲儿欺负吧。

大家听我说！我大喊一声。

所有声音同时停下，十四道目光投向我，不过周围如此浓黑，他们什么也看不到。我清了清嗓子，说，打架多不雅，要不坐下来聊——

惨叫和闷哼又响起来，间或还有砖块砰砰击打的声音。我听到钱下流兴奋地喊了声，找到了！但话还没说完，一声惨呼，随后金属与水泥地面摩擦的咔咔声不断响起，想来是他们几个哄抢手枪，枪被踢来踢去。另一边，张得帅的惨叫近乎杀猪，不知道是被折了腿，还是被撕了嘴。

这时，不知谁用力踢了一脚，枪支摩擦水泥的声音变得锐利，且从我身边划过。我奋力一扑，抓了个空。枪支一路向刘凶猛那边滑过去。几秒之后，张得帅的惨叫戛然而止，随后，一声枪响。

整个隧道被照亮,我看到了张得帅满脸的鲜血和疯狂。

不要啊!我喊道。

放下枪,一切好说。赵发财说。

得帅,别冲动,陈美丽说,我以后就是你的了。

哎呀,拿枪干嘛,伤了和气。我们这就走这就走。刘凶猛、周强壮和钱下流同时说。

张得帅两手举枪,对我们的话毫无反应,而是看向被枪声惊呆了的放荡姑娘,说,可爱啊可爱,我是得帅,你不认得我了吗?

放荡姑娘疑惑地说,可爱,可爱是谁?

张得帅说,你不是吴可爱吗?

放荡姑娘说,你是不是认错人了,我叫甄淫荡啊。

这句话一出,我顿感要糟,连忙趴在地上。

果然,啊砰啊砰啊砰啊砰啊砰啊砰啊砰啊砰砰砰……张得帅的狂喊和枪声混在一起,震碎了整个隧道的黑暗的安静。

枪声停了之后，足足有五分钟，整个隧道里一片死寂。

我摸遍了全身，确认身上没有出现窟窿，松了口气。隧道如同坟墓，我听不到任何声音，但还是下意识喊道，有人吗？

没有回应。我一阵难过，这么多枪，恐怕其他人很难幸——

念头还没闪过，左边突然响起了陈美丽的声音，咦，我没事？右边响起了甄淫荡的声音，我也没受伤。刘凶猛、周强壮和钱下流分布在几个不同的方向，但都用惊喜的语气说，都没打着我！

呵呵，不远处，赵发财发出了带着痛意的冷笑，全他妈打在我身上了……

陈美丽和刘周钱三人摸到藏食物的铁门前，用力拉拽，哗啦一声，门被拉开了。里面的塑料袋像潮水一样涌出来。

哈哈哈哈，终于找到你们了！陈美丽欢呼道。即使太黑了看不见，我也能想象她脸上因狂喜而泛起的肉层。

她的喜悦感染了刘周钱三人。他们扑向塑料袋，哈哈大笑。再也不用挨饿了，赵发财存下来的这些食物，足够他们吃好几年。至于几年后，谁知道呢？

呵呵……赵发财躺在血泊里，兀自冷笑。

突然，陈美丽的笑声停下来了，刘周钱三人的笑声也停了下来。他们咦了一声，在塑料袋里翻检，但我只听到吱吱吱的塑料压褶声，非常清脆，一捏到底的那种清脆。空的？陈美丽疑惑道，又转身朝赵发财喊道，你的面包呢？怎么全是空的？

呵呵……

你呵呵个屁啊，你快说，再不说，我打死——陈美丽突然意识到赵发财中了十几枪，绝无回天的可能了，语气转为央求，你说吧，你都快死了，把藏面包的地方告诉我们吧。

呵呵……早、早就吃完了。

陈美丽说，不可能，你明明有一整屋子的食物。

赵发财有气无力道，我一个人哪能找那么多面包。我藏了不少，但、但这几年供养你们，已经把最后的面包都吃完了。

呵呵，你以为我为什么要去南方，难道我真的信张得帅的鬼话吗……那是因为我已经没有食物了，再留在这里，你们很快就会发现……我把李平庸带过来，是想让他以为我还藏着食物，以后去南方了，他还会继续听我的话……

妈的，欺骗老娘的感情！陈美丽朝赵发财踹了一脚，但因为太黑，踢到了石头，疼得直抽凉气。她舍了赵发财，拉住刘凶猛说，凶猛哥，你看，我早就知道这个赵发财不靠谱了。今天在凶猛哥的帮助下，终于拆穿了他的虚伪面目，从此以后，我就跟凶猛哥了。凶猛哥让我做什么，我就做什么。

刘凶猛骂骂咧咧，带着周强壮和钱下流转身，甄淫荡也跟他们一路离开。陈美丽连忙跟上，不停地向刘凶猛献谄媚。我相信陈美丽能很快融入他们，做出牺牲，得到庇护。从我们这个五人小团体，到他们的五人小团体，陈美丽能够无缝转换。她一直这么厉害，她是能够活得最久的人。

他们的脚步声还未完全消失，张得帅突然醒悟过来了。他刚才在暴怒中开枪扫射，随即陷入了呆滞，但甄淫荡的离开，让他恢复了神智，大喊一声，淫荡啊淫荡，我是得帅啊。便追了过去。

于是，隧道里便只剩下我和赵发财了。

我向赵发财爬过去，手摸到了黏稠温热的液体。我再上前两步，把手放在他脸上，拍了拍，喂，死没有？

还没……

哦。

过了一会儿，我问，你知道王清纯去哪里了吗？

赵发财喘息着，在黑暗里听得格外明显，像是即将烧完的蜡烛，在熄灭之前，烛火跳得尤其剧烈。我生怕他会在某一刻突然停止呼吸，又问了一遍。

她……她去南方了。

我呆了呆，想起王清纯在那个黄昏离去的背影，摇摇头，不会的，她让我等她，跟她一起去南方。

嗯，她也想跟你一起去，但她来找我要面包，我把她……嘿嘿，你不会想知道的……我跟她说，我已经没有食物了，而且,她不能跟你一起走。

为什么?

因为,李平庸,因为你是我的……你要听我的话,不管在南方还是在北方,有电还是跳闸,我都是你的老板。我剩下的食物,只够两个人去南方,我一开始就只打算带你过去,张得帅、陈美丽、王清纯,都会被抛弃……你逃不开我的手掌。所以王清纯就先去南方了,因为她知道我的手段,我想做成的事情从来……赵发财仿佛突然来了精神,一口气说了这么多,随后再度萎靡,如果你跟我去了南方,说不定还能找到她。

我揪住赵发财的衣领,急切道,可是王清纯一个女孩子,没有食物没有武器,怎么去南方?她走了多久了?从哪条路走的?安全吗?

但我再也没有听到赵发财的声音。我把手放在他脸上,感觉他的肉已经僵硬,触感冰凉,像即将到来的冬天一样。

## 尾 声

　　这一年冬天很快就来了，天气出奇的冷。十一月还没过完，树叶就落光了，风中除了萧瑟，还有能刺痛肌肤的寒冷。这样的天气里，人们都不愿意再闲荡，纷纷把自己锁在家里。

　　我只在街上见过一次陈美丽。她跟刘凶猛一行人一起，边走边窃窃私语，我跟她打招呼，但在她眼里，只是空气。张得帅不远不近地跟在他们后面，失魂落魄，眼里只有越发放荡的甄淫荡。我同样跟他打了招呼，他把我当作空气。

　　我在家里缩了几天，猛一发狠，卷起行李往南边走。我想象着南方的模样，想象着再见到王清纯时的情景，越走越开心，很快就出了城。这时，我远远见到一棵枯树下，躺着一具尸体。尸体身上的白色衣服非常熟悉。

　　树上栖息着几只鸟，冷得羽毛直颤。它们在磁暴中无法辨明方向，失去了去往温暖南方的最后机会。

我站在原地，瑟瑟发抖，不知道是因为天气还是别的什么原因。我想上前，确认尸体的身份，但又不敢。树上的鸟挤成一团。过了好久，我转过身，往城里走。

我回到家，在身上裹了三层棉被，依然冷得发抖。我躺了很多天，外面时而滂沱大雨，时而簌簌落雪。寒冷穿墙而入，透进被窝，渗到骨头里。张得帅说得没错，这个冬天会到可怕的零下三十几度，谁也熬不过去，但我们没有一个人能够去往南方。

图书在版编目（CIP）数据

未世 / 郑小驴编. -- 上海：上海文艺出版社，2021
ISBN 978-7-5321-7839-1
Ⅰ.①未… Ⅱ.①郑… Ⅲ.①幻想小说－小说集－中国－当代
Ⅳ.①I247.7
中国版本图书馆CIP数据核字(2020)第251271号

发 行 人：毕　胜
策 划 人：李伟长
责任编辑：于　晨
装帧设计：韦　枫

书　　名：未　世
编　　者：郑小驴
出　　版：上海世纪出版集团　上海文艺出版社
地　　址：上海市绍兴路7号　200020
发　　行：上海文艺出版社发行中心
　　　　　上海市绍兴路50号　200020　www.ewen.co
印　　刷：苏州市越洋印刷有限公司
开　　本：889×1194　1/32
印　　张：8
插　　页：2
字　　数：111,000
印　　次：2021年6月第1版　2021年6月第1次印刷
Ｉ Ｓ Ｂ Ｎ：978-7-5321-7839-1/I.6218
定　　价：49.00元
告 读 者：如发现本书有质量问题请与印刷厂质量科联系　T：0512-68180628